拍卖师

方淳 著

云南出版集团 云南美术出版社

图书在版编目（CIP）数据

拍卖师 / 方淳著. -- 昆明 : 云南美术出版社，2020.1（2022.1重印）
ISBN 978-7-5489-3586-5

Ⅰ. ①拍… Ⅱ. ①方… Ⅲ. ①小说集－中国－当代 Ⅳ. ①I247

中国版本图书馆CIP数据核字(2020)第016984号

出 版 人：李 维 刘大伟
责任编辑：肖 超
责任校对：卓芮帆 陈星雨 胡国泉
装帧设计：朝夕文化

拍 卖 师
方 淳 著

出版发行：云南出版集团云南美术出版社
地 址：昆明市环城西路609号
邮 编：650034
印 刷：江苏金印彩印有限公司
开 本：145mm×210mm 1/32
印 张：6.25
字 数：210千
版 次：2020年05月第1版 2022年01月第2次印刷
书 号：ISBN 978-7-5489-3586-5
定 价：58.00元

人世百态众生相

这是一本内容丰富、层面庞杂的中短篇小说集。

都说一本书该有自身的文气，可是读者看完这本书，会发现，作者笔下的描述对象是那样的驳杂，他们上到动辄千万生意来往的权贵阶层，下到无依无着的农村母亲，现实生活中，他们 A 是 A，B 是 B，根本不可能有所交集，可是在这本书里，他们互相见面，都交织杂糅在一起，向人们展现改革开放过程中人世百态的众生图景。

小说大多取材于新闻事件，这些来源于社会现实的素材，本来就参差错落，摇曳缤纷，令人不禁感叹，社会生活的多姿多彩，其故事生动性早已超越小说，常常令人瞠目结舌。

小说集的开场《拍卖师》，描写的是改革开放过程中已经形成的权贵阶层，而小说的结尾《上路》，描写的是三个儿子被带出去做传销数年不回家，徒步穿越五省寻找儿子的农村母亲。现实生活中，这两个小说中的人物根本不会碰面，可如今都收纳进了一本小说集，在这本书里，权贵、中产、底层，土豪、知识分子、农民都还原出人世生活的真实图景，他们交织在一起，向读者展示各个阶层人物不同的生活境遇，他们的苦恼，他们的思考，他们的生活状态，他们，这些四十年改革开放过程中呈现出来的社会众生相。

《水井深处的呻吟》，写的是乡村仇杀案，城市化运动中，凋敝的乡村，留守儿童制造的杀人惨案，情与法的冲突，乡村伦理与法律文明之间的较量，乡村农民遭遇城市规则的偶然性，不确定的人生命运，都在小说中一一展现。这是被经济快速发展所撕扯、割裂的时代，城市与乡村文明之间的平衡断裂与失落背景下产生的人物故事。

《去往郎木寺》，写的是城市中产市民的生活，展现的是炒房价、炒墓地的真实生活画面，当死亡也成为一桩买卖生意，在生与死的思考面前，主人公一再感叹高房价使城市市民活得不容易，也死得不容易。

《续生》表现的是小镇生活的英雄母亲，在代孕、供精暗流涌动的驳杂世相当下，如何成功怀孕，重新生下孩子，以给英雄儿子续命的故事。

《班公错的鱼会唱歌》表现的是世纪初城市青年与乡村进城农民工生活的对比，一方面是精神空虚、老大不婚的城市单身汉，一方面是生活困苦又年轻多子的农民工兄弟，城市生活人世亲情的冷漠，农民工兄弟生命的迅即凋亡，逼着主人公对人生的意义作出思考。班公错，象征着作者心中未被经济大潮污染的纯净之乡。

《等你在雨中》以一个高中女生的口吻与想象，以她对去世父亲的追忆，展现的是城市中产的生活，小说以小见大，表达对中日和平的祝愿。小说从一个侧面隐晦地展现改革开放过程中，中国的企业业主受制于国际关系遭受的命运。

《夜鸟的嚣叫》以一个刚参加工作的年轻人的视角，表达一个年轻知识分子对新闻舆论管控尺度的思考。

因此，这是一本内容庞杂，层面缤纷的小说集，作者从城市写到乡村，从权贵写到黎民，从生意往来写到精神思考，从俗世生活写到宗教信仰，从杀人罪犯写到捐躯英雄，从城市白领写到农民兄弟，从狡诈商人写到单纯女生，从文盲母亲写到知识青年……从社会各个层面，展现了人世百态的众生相，表达了作者对改革开放过程中涌现出来的色彩缤纷的人与事的反思与思考。

方淳

2020 年 4 月 16 日

目 录

小说取材于古董业素材，加工改编而成。马刚五十多岁，记者出身转行做拍卖多年，期间经历了被妻女背叛导致拍卖砸盘的恶性事件，此次，受朋友邀请，帮助完成一桩古董字画的国际交易，这其中，既要帮助朋友拿到竞标的地块，又要通过拍卖途径将购画的钱收回来，同时还要帮受贿方将古董变现。马刚在人生沉浮与交易中思考自己的人生和真正的需要，最后将古画买下捐赠给了博物馆……

发表于《小说月报 · 原创版》2015 年第 7 期

拍卖师

一

从上海转斯里兰卡科伦坡，再到马尔代夫，一共飞行了七个半小时。五个人之中，嘉伦实业董事长兼总经理吴德福喜欢让手下称他为伍德夫。他的英文名片，拿出来送给对面那个英国人的时候，马刚看了一眼，设计得相当整洁雅致，乍一看，像是某位艺术家的名片，大片的空白，方正的字体，洗练的白底之上，用炭黑纤细的线条卷曲着他的英文名：Woldafu。

这一次出游，就是伍德夫做东，除了英国人罗列法儿之外，还有两个鉴赏家，一个来自北京，叫冯义南，另一个是本地上海的名家，叫樊兵。除了伍德夫以前有过业务的交流与往来，算得上兄弟，樊兵见过两三回之外，其他两人都是首次谋面。尤其是罗列法儿，据说昨天就到了。

冯义南退休前在北京某古董鉴定中心工作，在圈内已经混到了爷的分上，这个行业就跟古董本身一样，是越老越值钱，所以，退不退休，对冯义南来说，生活不受影响，相反，因为少了单位的限制，他现在变得空前自由了。当然，几十年如一日，学徒的时候，他就谨记师父的教训：得把碗儿端正了吃饭。什么叫把碗儿端正了，冯义南明白，在古董面前，与在亲娘面前，是一个理儿：真的就是真的，假的就是假的，真的假不了，假的真不了。古董鉴定这个圈儿，说大不大，说小不小，你的眼光准，说出来的道道足，你的身价就噌噌地往上涨。当然，这个过程是艰难的，许多人在还未享受到这种待遇的路上，就倒下了。这也是古董行的规矩，倒下了就真的倒下了，不会再有东山再起的第二次机会，为什么呢，牌子倒了，牌子是立在人家嘴上的，人家嘴上说，某某鉴定的东西就是不准，他害我多掏了几十倍的钱，一生的心血买了块烂石头，我非找到他，把他给劈了。说这话的人不消多，一个两个，就足以把你的牌子砸掉，你从此后，就得退出这个圈，管你混了十年三十年，你退休的年龄到了。所以，冯义南退不退休，不是单位说了算，是圈内人的嘴说了算。圈内人一说起冯义南，还能竖起拇指啧啧赞叹两声，那他的退休年龄就得挨到死为止。这一次，就像他平素的工作一样，他又被请出来了。不同的是，现在，他的腿跑得更远了，去年到西班牙、法国，这一次，听伍德夫的安排，给他们几个放放假，轻松轻松，于是就来到了马尔代夫。

樊兵年轻一些，是圈内德高望重的祖师爷谭文海的学生，听说高中就放弃了学业，由师父带在身边，言行谨慎，谦虚而低调。古董这一行，就跟古代学习书法绘画一样，人们承认的是师门之别，而非硕士博士这些学院派的头衔。你所拜的老师的地位，决定了你在圈内的身份和地位。当然，这需要时间和光阴的打磨。入了这一行，就只能把自己当作一块石头，刨粗取精，日雕月琢，方能成器。樊兵这两年渐渐地有了一些名声，也是在不惑之年之后。师父年事已高，跑不动了，一些业务渐渐地由他代理，渐渐地独当一面。

这些人之中，只有马刚，是一个可来可不来的人。伍德夫完全可以到了上海，再一个电话把他召过去。马刚是搞展售拍卖的能手，当然，这是八年以前的事了。鉴定师和古董商之间需要有人运作，这些人除了拥有广泛的社会资源，盘根错节的人脉关系，还需要审时度势，能够把握卖家与买家的精确心理。马刚年轻的时候做记者，复旦大学中文系毕业后进入新华社，在这个行业里颠簸了十多年，懂得认识头头脑脑的规矩，了解头头脑脑的心理需求；而后，对古董发生了浓厚的兴趣，转行采访古董商和有名的藏家，为收藏杂志撰写文章；随后，进入拍卖行业。这一切，都源自于自我兴趣的转移。马刚是一个头脑活络的人，头脑活络的人都有一个特点，就是不够安分。新华社的工作，其实已经够本，够他舒坦滋润地生活了。可是，他总觉得还有多余的精力，需要折腾干净，才能身心痛快。他采访收藏家，于是就做起了收藏，家里收藏的东西多了，资金周转不灵，需要卖出去，他就进了拍卖行。马刚就是这样一路混过来的。他和那些鉴定师的区别在于，鉴定师都是专家，是这个行业的翘楚，而他是打杂的，跑腿的，没有他这个打杂跑腿的，鉴定师就是再牛逼，也没有人愿意请，因为酒香还怕巷子深，要把酒卖出去，就得依靠像马刚这样的人，人脉熟啊，这个货叫谁来鉴定，在什么时候卖出去，卖给谁，谁有这个需求，这些信息都不是写在报纸上能看到的，也不是开个店就能招徕的，而是需要九曲十拐在高人堆里去扎去混，才能探听出来的。马刚干的就是这个。伍德夫把他叫到马尔代夫，显然是优待了他的，这些事情，本来在上海就可以搞定，但是，伍德夫叫他到鉴定现场来，也许考虑到信息可以互通有无。生意场上的事情就是这样，许多生意是聊着聊着滋生出来的，你此刻没有想到，但是大家坐下来，慢慢地聊，头脑风暴，一会儿，一桩生意就谈出来了。马刚很享受这种谈生意的感觉。

伊特哈餐厅位于水下六米处，用抗水压、透明的丙烯酸酯材料制作屋顶和四壁，坐在餐厅里，看得到外面的鱼群倏忽来去，灯光下珊瑚礁色彩艳丽，如树枝在风中轻轻摆动。餐厅营业到午夜。一行人都觉得有些疲惫，但是，在水下就餐，还是提起了大家的兴致。马刚走在最前面，他的年纪比樊兵大许多，但尚未到退休的年龄。樊兵很少说话，只好他来调节气氛。

“大家要一点什么酒？你们这里有什么特色酒？”马刚招呼大

家坐下，问服务员。

服务员拿来菜单，伍德夫把它递给英国人，这英国人和中国人做古董生意久了，竟然能说中文，而且，可以说得上标准。他没有征求其他三位的意见，私自点了一瓶珍珠牡蛎酒，他说这酒带一点海鲜味，大家一定会喜欢。餐厅不大，仅容得下十来个人，导游很早就预定了的。吃的食物也不是很丰富，以当地特色菜肴为主。服务员推荐了几款菜肴，一会儿就上来了。四个人都觉得有点乏，一人一盘地就吃了起来。等到把酒杯倒上，马刚先闻了闻，淡淡的，也闻不出什么海鲜味，但是，吃饭的时候，那种因为疲倦而稍显沉闷的气氛，伍德夫还是觉出来了。这是他考虑不周，他也想过要不要带上珍珍，有女人在场，气氛会活泼一些，可是，这毕竟是一次严肃的生意交流会议，何况，他带上珍珍，其他邀请的人就也可能带上家眷，那么，又是一笔不小的开支。生意做得再大，白手起家的历程，决定了伍德夫的花钱模式，不会没有来由地乱花一分钱。

用完晚餐，在沙滩边走走，吹吹海风。热带地区，风暖融融的，像一件薄纱衣卷到身上来。沙滩上一个个茅草搭着的凉亭下，是一排排的躺椅，天色已晚，椅子的白在渐渐黑了的天色下泛着微光。五个人只有四把躺椅，马刚坐到沙滩上。天空幽深而明净，就像小时候看到的夜空。“看，哈哈，多少年没看到星星了！伍德夫，你带我们来看星星了啊！哈哈！”马刚欢叫起来。大家一起都朝天空看去，果然，辽远的蓝幕下，星光一闪一闪的，“是啊，哈哈，我带你们来看星星了！啊，星星，我爱你！”伍德夫一下子成诗人了，他仰起头望着夜空，只是痴痴地看！马刚在沙里打了个滚，“下来，你们都下来，躺着看星星才叫舒服呢！”他从沙滩上爬起来，又去翻一张张躺椅，把四个人都撂倒在地上，再哈哈哈哈地自顾躺下。

对于马刚这样的胡闹，伍德夫是喜欢的。伍德夫认识马刚二十年了，当初，马刚抱着相机，敲开他的办公室来采访他的时候，说实话，他还真觉得有些烦。但是，马刚先拖了一把椅子在他的办公桌前坐下，然后伸出右掌，相当礼貌地请他坐下，他们自然地就开始了对话。他内心想，毕竟是老牌记者了，非常懂得怎样把话从人家的齿缝间撬出来。

马刚这些年转变很大，一会儿，也开始搞了收藏，又一会儿，做拍卖这一行了，看他有模有样地起来，在圈内搞得名声大振，又看他迅速地出了状况，一下子一跤跌得惨。但是，不管怎么样，马刚是个人才，伍德夫想，自己能帮他一把就帮一把，跌倒了总要人扶的，扶着扶着就上路了，患难见真情，再次上路的交情，那就不是一般的交情了。不管怎么说，马刚这兄弟他是认了的。

因为马刚的胡闹，刚才吃饭时还有些刻板僵硬的气氛，忽然就活跃起来了。大家往沙滩上一躺，勾肩搭背，肌肤的亲热劲使得人与人之间有了共通的气息，血脉畅通，互相之间的隔阂和防御打消了。他再次看了看马刚，会心地笑了笑。

吹着海风，在沙滩上胡吹海聊了个把小时，樊兵的话最少，马刚的话最多，按照一般的理论，人群堆里，话最多的那个地位一般最卑贱，这个马刚也是深知了的，但是，为了对得起兄弟的招待，他必须要好好表现一把，这也是做男人累的地方，好在这许多年下来，什么事没碰上过，他已经相当习惯，并且游刃有余。

声音渐渐淡去了，大片的沉默缭绕在五个大男人之间，辽远幽深的天空中，星星仿佛也停止了闪烁，倦意渐渐地弥漫上来，像海浪轻轻拂动沙滩。罗列法儿传出了欧洲人特有的鼾声，马刚“扑哧”笑了一声，伍德夫懂得他这笑声里头的意思，这个英国商人看来并不是十分精明的人，在这样的背景下，毫无提防地鼾声大作，如果被他们四人劫持了怎么办，那么，他房间那些古董，将不费吹灰之力，就能拿走。伍德夫和马刚的意识里都闪过这个念头，当然，他们是文明的商人，那种强取豪夺的手段已经早早地抛到了身后，但是，骨子里的提防意识，就像某种遗传基因一样，还贴合地繁衍在他们身上。

“睡觉去吧，好好洗个澡，舒服一下！”伍德夫招呼道。三个人站起身来，马刚去把罗列法儿拖起来：“Get up！”他用简短的英语说道，一边帮罗列法儿拍拍身上的沙子。“兄弟，你好！”罗列法儿反过来称他为“兄弟”，马刚于是挽紧了罗列法儿的胳膊，跟在后面，回宾馆去了。

二

宾馆就建造在海面之上，长长的木梯从沙滩通向海面，通向海洋深处。长廊迂回，一间间外面看上去类似茅草屋的馆舍就像这条迂回长链上的一颗颗珍珠，东一颗，西一颗，散落在平静的海面上。灯光幽暗，照得水愈发的幽蓝，就像美人鱼的眼睛，深含着某种渴望。

微风吹在脸上，因为夜色已深，风也凉了许多，好凉快，马刚兀自言语。一行人在木道上走，马刚索性脱了鞋子，拎在手上。他的馆舍已经到了，站在门口，他一边掏钥匙一边和其余的人道别，明儿见，明儿见，说完，就进了茅草屋。

这茅草屋就像印度洋上的女性，外面永远严严实实地裹着密密实实的黑纱，而实际上，等到卸下外面的这层幕布，那丰富的无穷的内在美就像夏夜的星空，就像烟花一样灿烂无比，美不胜收。

豪华而洁白的浴缸，马刚现在整个人已经泡在里面了。温热的水，像是从海洋深处抽上来的，泛着荧荧的蓝光。带按摩功能的浴缸，喷头有多处，从马刚身体的四侧喷涌出来，啊，爽，好爽啊，马刚叫起来。他的声音飘荡在空寂的屋舍里，浴缸的左侧，就是窗户，躺着也能看到大海，纱幔轻垂的大床，雪白的被褥，平整地摊开在上面，就像等待新婚蜜月期伴侣的胜地该有的一切美好一样。电视机里放着本地新闻，听不懂，一大堆本地人忧郁着脸色守候在一幢大楼门口，世界到处都差不多，每天都有平民向政府表达诉求。马刚拿起遥控重新按了几个键，一个台正在播放音乐，舒伯特的小夜曲，一大堆人西装革履地在舞台上，拉着小提琴，一个歌唱家用意大利语在朗朗地歌唱这首抒情而绵长的曲子。

他妈的，不，不，我，我接受不了这样的美好。马刚的心突然暗地里嘶叫了一声，如裂弦一般撕碎了这优雅而清新的气氛。那个魔鬼重新暗暗地抬上头来，试探地打量他，他又来了，这么多年，他一直追随着他，不放过他，在夜深人静时，突然从某个角落里冒出来，跟他明枪暗箭地较劲。

哦，不，不！他再次嘶叫道。

这么多年，这个魔鬼跟着他，使他无法喘息，他病了，真的病了，这病只有他自己知道，他深深地被埋葬在这病态里，无法解脱。他以为，这次马尔代夫之行，在远离伤心地的所在，他将能够治愈自己，这也是伍德夫一招呼他，他就答应了的缘由。伍德夫，二十年的朋友了，他了解他吗？是的，除了他，还有谁更了解自己。哦，当然是毛丹红了。是的，因为了解，所以离开，可是，他一生不能原谅，这样绝情的离别，跟一个强盗，跟一个中山狼何异。

毛丹红是一个怎样的女人呢？俗话说，一个成功男人的身后一定站立着一个了不起的女人，他马刚在人生事业的巅峰期突然落入谷底，自然也跟身后站立着这样一个恶毒的女人有关。他都快忘了自己是怎么认识毛丹红的。毛丹红，有什么特色吗？是什么方面吸引到他，他们是怎么走到一起的，甚至是怎么生下他们的女儿的，他都觉得非常模糊。年轻的时候，他是名牌大学的高材生，有着响当当的金字饭碗，广博的人脉关系，可是，在那么多爱上他的女人之中，他是如何选定她的呢？是的，他只能说，在对待女人的问题上，他显得太没有眼光了。

他们是在一株泡桐花下见面的，就在路边上，那时候，他还没有上大学，她已经工作了，就在一排泡桐树边的供销社里，是卖棒冰的营业员。他听居民们说，供销社里新来了一个售货员，长得很漂亮，他就也跟了去看。一看，果然是漂亮。那时候，他还在工厂干些杂活，高考还没恢复，他还不知道自己的命运。于是，他每天都到泡桐树下买冰棍吃，她是他泡上的第一个妞。之后，他上了大学，他们之间依靠信件往来，寒暑假回家的时候，他总是去看她，她因为工作得早，有钱给他买好吃的，等到大学毕业，到了可以结婚的年纪，他几乎没有考虑就准备迎娶她。是的，他的条件不错，暗地里给他写信的女孩子有的是，要给他介绍对象的媒人也有的是，但是，他就是选择了她。这是后来，他在不断回忆和总结中，得出的要命的结论，那就是，他其实并不知道，他爱的是自己，是从年轻岁月里走过来的那段人生，那段艰苦的人生只有她跟他分享过，因此，他倍觉珍惜，他其实爱的是自己曾经青涩的那段时光。为了这段时光，他为她费了好大的劲，等到结婚，他想办法把她调到上海，因为他的勤奋，他们很快就有了房子，女儿顺利出生，他爱上了古董，离开记者行业，自己成立公司，之后，他一如既往地像一个真正的男人一样在外面东奔西跑，他们的孩子在他偶然的视野里总是出人意料地又长了一截。然后，他终于可以将自己的藏品拿出来布置一次拍卖会了，一场拍卖下来，他的心半夜里都会发出笑声，他梦到自己拿着麻袋去装钱，而此时他的钱，确实到了可以用麻袋装的地步。他跟她说，你可以不用工作了，就在家里好好管女儿吧。于是，她真的放弃了工作。因为，那时候，按照发展的良好态势，他们完全可以过上无忧无虑的富足生活。于是，他更卖劲地在外头奔波了。钱很快就消耗掉了，家里渐渐藏满了古董。为了防止被偷，他买了几个大保险柜。田黄石，鸡血石，蓝田玉，水晶石，各种各样的印章，一堆堆地码在保险柜里，他把钥匙交给她，叮嘱她每天都要看一遍。后来，家里的房子必须要专门腾出一个房间放藏品了。后来，他又搞了几次小拍卖，拍卖过后，他满耳都是铜钱坠地的声音。他获得了最大的满足。可是，就在这时候，事情偏偏就发生了。

那一个月，有多辛苦，只有自己知道。先是联系场地，跑了好几个点，有的场地交通不便，有的停车位不够，有的没有氛围，是的，老板们云集而来，他们的眼光多少是带着挑剔的，既要金碧辉煌，又要富有艺术气息。混了这么多年，他太了解他们了。场地的预约提前几个月就得联系，因为好地段的饭店，像这样环境幽雅的空间，本来就不多。你订的地方不上档次，是吸引不了老板们的，去什么样的地方消费，在什么样的地方购买古董，这些在他们的心中都是标着等级和价码的。不把准备工作做足了，东西就拍不上去。任何生意都一个样，讲究的是人气。场地选好了，要请人装修，每一样东西都要精心布置，显得珍贵无比，射灯的运用，光照的打法，布景面料的选用，色彩的搭配，一样样都是精细活。小到一个电珠、拍卖锤敲击落下来的声音分贝、麦克风的通畅，大到宣传广告在报纸的哪一天发布，哪一个角落里能吸引人的眼球，之间的讨价还价，都要经过精心设计与布局。交待手下去做，事情的效果如何，每一样他必须亲自检验。关键时刻不能出问题，他是活在场面上的人，场面上的事情，不能出任何问题，这是他多年来对自己的告诫。一个混场面的人，是永远不能砸场子的。他爱自己，极端地爱惜着自己的脸面，就像生命，只有这样，他的饭才能吃得长久。广告册页终于设计出来了，事先，每一样藏品都要请最高端的摄影师拍好照片，甚至请诗人为这些产品写出美好的诗句，然后再是图文设计，纸张、装帧、册页的发放、报纸杂志的宣传，每一个细节都不能放过。等这些都奔波完毕，一切准备就绪，他回到体重磅上，称了称分量，真的少了十斤。是的，差不多两个月，他是没怎么顾及到家里。光是联络那些有收藏爱好的业主，每一通电话，他都需要亲力亲为。听不到他马刚的声音，他们怎么会来捧场，邀请函、礼物、电话，一样也不能落下，这些都是场面上的规矩。

现在，请柬都发出去了，拍卖馆都布置好了，为了减少安全防护的支出费用，藏品要在拍卖前一天才从家里运送到拍卖场地。他后来一直都没法回顾曾经发生的故事。那就是，等他回到家，敲敲门，没有应答的声音。他从包里掏出钥匙来，想，这母女真是太贪玩了，不知到哪里混吃混喝去了。他打开门，进盥洗室洗了一把脸，打算再进藏品室把要拍卖的藏品都清点一下,他打开了门,打开了保险柜,发现里面空了，再打开一只，发现又是空的。他打开了所有的保险柜，发现藏品少了一大半。他的心从来没有这般恐慌过，他不知道，面对明天蜂拥而至的老板们，他该怎么办。他不知道自己原来有心脏病，就在那一刻，他一头栽倒在了地上。要不是伍德夫着急找他，找到他府上来，那么，可能那一天他就去了，突然之间，悄无声息地。他后来想，果真那样也好，那样，他至少可以给圈内人一个交待，他是无声无息地就走了，不是他马刚窝囊，不是他马刚跟大家开了这么天大的一个玩笑，不是他马刚这人不会来事，自己把自己的场子给砸啦!

他被伍德夫送进医院，他太太毛丹红的手机联系不上了，在此同时，当然，伍德夫还帮他报了警，警察来过，拍照提取证据。第二天，毛丹红还是联系不上，同时联系不上的，还有马刚的司机。伍德夫的心里多多少少清楚了一些，但是，不能说。马刚还躺在监护室里，这么重要的时刻，赶到病房的只有弟妹，马刚自己总会清楚的。

什么叫后院失火，说的就是这么回事。毛丹红什么时候和他的司机好上的，什么时候他们已经下了决心要背叛他，并且盗取他的财物，他根本不知道。这是马刚糊涂的地方。好长时间不回家了，忙啊，你知道的，日夜连轴忙。他后来向伍德夫解释道。伍德夫摇头，摆手，觉得不是这样的忙法。你颠倒了。伍德夫说。家始终是第一位的。伍德夫说。伍德夫这样说，马刚没有回应。他没法回应下去。因为有更深层的原因，马刚不能说。马刚不能说，其实，他们夫妻早已名存实亡,也不知道是因为自己过于忙碌,不知道自己压力太大,还是什么原因，他马刚已经没有男女那回事好多年了，这种兴趣是渐渐消失的，他的所有的兴趣渐渐地从身体转移到精神上来，他的所有的精神都倾注在古董上面，一个爱上古董的人，因为爱得透彻，渐渐地消逝了他生命存在的本能状态，他的身体渐渐地无欲无求，他的意念中，只有他的古董。

是你舍弃了我们母女！不要逼我把难听的话说出来！在法庭上，毛丹红那张歇斯底里的脸，让他明白了什么是女人的仇恨与刻毒。正是这一句话，使他知道在法庭上来谈这件事，是轻率而粗糙的，是不合时宜的。本来，他已经知道，女人是不可能再回来了，他只想要回一些他的古董。夫妻对半，是的，毛丹红说了，她要的只是属于她的那一部分，她坚持她只拿走了一半，而他则声称拿走了一大半，他要拿回的只是那一个“大”字里面包含的东西，即使是那一点东西，也足够他吃喝十年了。他之所以要闹上法庭，就是觉得不能便宜了他的司机，那样一个猥琐的男人，他的下半生，居然只需要躺着享用他这么多年拼命挣来的恩惠，居然只需要躺着享用他的女人，他的孩子！这是什么天理！这天下还有无道理！他本来以为，他还是可以要回女儿的，他想，这女儿毕竟是他亲生的，那女人走了，你就走吧，女儿总是自己的，没想到，他显然低估了毛丹红的能力，在女儿还未真正成年的稚嫩的心里，她那种温暖动人的母爱是很能诱惑人的，这么多年在外奔波的经历，决定了女儿的心必然向着母亲！马刚突然意识到，他被这个世界抛弃了，转瞬之间，他变得一无所有。一无所有并不是可怕的事情，按照马刚的年龄和财力、资历，只要有雄心，一切可以从头来过，可是，马刚意识到真正可怕的事情是，他已经没有这份雄心了。这就好像一支箭羽，猛然射击出去的时候，曾经多么彪悍精彩，然而突然对面遇到了同样具有冲击力的物件，使它摔下来了，箭羽都折断了。这个折断是终生的，永久性的创伤，这种创伤开始的时候，只是呈现在身体上，而后慢慢弥漫，渐渐包裹了心灵。马刚知道自己已经无药可救了。

马刚意识到自己无药可救的原因，是因为无论伍德夫给他介绍什么样的女人，他都提不起兴趣来了。马刚的脑袋没有一起被腐蚀掉，一个女人跟着他，他没有能力使她感到全身心的幸福，而只是守着一堆古董，光是看，不能吃喝，哪个女人这么傻。想明白这些，马刚意识到他的未来，下半辈子，或许要孤独终生了。也就是说，他的存在将只是为了自己的一张嘴，原先在世上挣扎打拼的压力突然之间就消逝得干干净净，也就是说，下半辈子，他只需要像一只懒虫一样活着，苟且偷生就可以了。

马刚突然变得消沉下去，所有的交往，除了伍德夫偶然来几个电话，基本都终止了。他将公司解体，蜷缩在家里，对着电脑，每天在网店上售卖跟踪他的古董，他给它们都编了号，他想，按照这么多年积累的经验，他只需要做点个人的买卖，打发一下多余的时间就行了。不久，他就变得适应这样的角色了，以前，活跃在人前人后的马刚消失了，一个在自我的小天地里自娱自乐的马刚代替了他，如果说，前一个马刚是一个人的阳面，那么后一个马刚就是一个人的阴面，马刚觉得，这样一场变故，使他发现了自己。

三

早晨起来，天色还是阴沉沉的，海边的天气也很难说，阴晴难定。配送的早餐送到馆舍中来，马刚早早地吃了，临着窗，看大海的远处，抽了一支上海带来的烟。按照计划，等会儿就得去看英国人带来的东西，听说是北宋画家张昉的一张图，画的真伪用不着马刚考虑，马刚晓得伍德夫的心思，伍德夫这人什么都好，就是爱慕虚荣。

企业家收购流失海外的文物，眼下成为一种时髦，说起来是爱国之举，就跟陈天桥去美国收购报纸一样。钱挣到一定程度，无非就图个名了。企业业主在一起碰头，彼此之间会有交流，我有什么什么宝贝，什么国家收来的，你有什么什么货色，什么地方换来的，这种交流多了，就会传达出一种信息，企业家除了钱之外，都是有精神追求的人，眼下，企业家碰在一起，如果再谈我今年营业收入达到多少，交了多少税，那就被人当作土包子了。伍德夫努力要把自己的名字搞得这么洋兮兮的，也有这层意思在里头。还有，就是，按照伍德夫的计划，出洋收购海外的公司也在计划之内，但现在，实力的积累还没到这个层面。有一个大项目在等着他竞标，如果这个项目能够拿到，那么后年发展到海外，似乎也不是那么费劲的事情，所以，这两年，对于伍德夫来说，也差不多可以称得上是关键期。

马刚抽完了烟，就踱出门去。大家说好了，在罗列法儿的馆舍里碰头。罗列法儿的馆舍位于几个馆舍的中间位置。马刚走在横木通道上，空气清新，万籁俱寂，只有脚底的声音，还有水鸟的声音。放眼望去，沙滩边是一排茂密的椰树林，一个岛屿，如果不是发展旅游业，这里的人们该怎样生存呢？呵呵，而如今，这些资源都被发掘利用得恰到好处。

冯义南也从馆舍里出来了，他穿着布鞋，中式的棉衬衫，嘴巴下面，飘飘欲仙地缀着一蓬胡须。在古董这一行做久了，许多人也会把自己打理成古董的样子，仿佛陈年隔代从哪个社会穿越过来的人。但是，这样一副打扮也会制造一种障碍，无形之中会产生一种与当下的距离感，除了这些鉴定专家适合，一般像马刚这样靠混人缘的人还是不太适宜的。当然，这样的装束马刚也有，衣柜里也会存两件黑白布褂，参加学术交流活动的时候，冒充专家穿穿的。

马刚上前与冯义南打招呼，问他晚上睡得可好。冯义南说，听了一个晚上海浪拍打沙滩的声音，不过，耳朵里觉得真舒坦，说完，就呵呵地笑了。这是冯专家狡黠的地方，马刚最讨厌的就是那些一本正经的专家，坐下来除了会谈古董，其他都不会，也不苟言笑，仿佛笑一声就会折耗阳气减寿似的。

樊兵也过来了，没有念过大学的人，就像在以前大户人家掌柜手下干活的伙计，勤勉、少言、动作快，他年轻力盛，迈着大踏步就过来了，但是阴郁着脸，手上提着包裹。

几个人先到了英国人的馆舍，伍德夫来得最晚，他的肚腩鼓鼓的，有些发福了，虽然也学一些业主每天坚持锻炼，但还是改变不了发福的趋势。他进门就哈哈地打招呼，“啊，大家都齐了，好，你们都比我起得早嘛！”大手一挥，大家都找了椅子、床铺、沙发坐了。

英国人拖出一只皮箱，戴上手套，掏出一个长盒，打开，又是一个盒子，将盒子打开了，是一幅长轴。马刚立即从床上让起来，罗列法儿先在床上摊上一块膜布，再将长卷摊到床上去，徐徐打开了，是一张宋代画家张昉的《天女佛像图》。

冯义南迅速地拿出放大镜、激光电筒，他跟樊兵说，两人分一下工，让樊兵看绢的质地、历史年代，自己则判断笔迹的真伪。樊兵拿出了检测仪器，测完了，又对着绢丝与边边角角细细地看。年代久远，画像不少处有破损，但人物大致的形象仍然保存完好。

“张昉学的是吴道子，”冯义南仔细辨别白描勾线方法的运用，以及所谓“吴带当风”的气韵流动。“张昉这个人性格脾气了得，常有自矜之态，他画画的速度很快，所以用笔迅捷，墨迹浮于绢表，渗透得浅，许多笔迹都是一笔完成，流畅生动，虽然是工笔白描，与一般细致入微的工笔是不同的。”冯义南一边看，一边嘴里念叨，他的这些话让站在一边的几个人肃然起敬。

这就对了，任何学问，说到底都是人做出来的，是个人，总会有性格脾气，这性格脾气就决定了他与众不同的地方，就决定了他做的事，他成就的作品。连古人的脾气性格、作画习惯都了解，专家做到这个分上，确实不是吹的。

“北宋的绢手工织的多，细密平整程度比不上机器，丝缕有粗有细，运笔时会有细小的模块疙瘩。”冯义南又在一边解释。而检查绢丝真伪的樊兵则一句话也不说，睁着两眼看轴心的粘合情况。

临了，樊兵先起身，只是轻轻地点了点头。众人又看着冯义南，冯义南不说了，还躬着身子细细地看。看他捋着胡子不断点头的神态，马刚的心里也明白了几分，下面就是谈价码的事情了。

果然，冯义南直起身，对伍德夫说：“可以谈价钱了。”

北宋张昉的作品本来就不多，年代久远，可称得上稀罕之物。

罗列法儿大致介绍了画的来龙去脉，似乎也是几经周折，从一个驻华的外交官手里传承、流转而来的。

多少价呢？罗列法儿心中早已有底，明快地报了一个价，一千八百万。伍德夫看着冯义南，又看着樊兵，又看着马刚。马刚说，让我们商量一下，慢慢定吧，反正一手交钱，一手交货，不会让你吃亏的。

四人踱出了罗列法儿的馆舍，朝伍德夫的馆舍走。这价码超过了伍德夫心中的预计，他得找他们好好谈谈，了解一下行情，定个合适的价钱再说。

大约是阴天的缘故，关键时刻，伍德夫的心还是觉得沉重了。海面上昨天还觉得黏糊糊的热风，今天就是清凉清凉的，穿着一领子花衬衣白裤子的伍德夫紧闭了嘴，走在前头，看他的样子，马刚知道，这价格离他的心理价位不是一般的距离。

马刚噌噌地走上前去，胳膊套进了伍德夫的脖子里。

“带了多少钱？”马刚问。

“我想，不就是一张画吗？一千万总可以垫个底了吧，哪晓得这么离谱。”伍德夫实事求是。

“谈谈看吧，实在不够，我也带了两百万，给你凑个数。”

“钱是小事，我可以叫珍珍汇过来的。这张画到底值不值这个价，你们可得帮我搞清楚了。”

“知道，知道的。你放心，总不会让你买亏，亏了还有我呢，我保证至少原价帮你卖出去！”

“就是，我就知道你是兄弟，哥现在就靠你了！”

“放心，放舒坦吧，你！”

“大家谈谈看吧，”等马刚关好门，伍德夫就来不及发问了。马刚心里想，其实不用这么急的，他们不是要在马尔代夫待六天吗。这么长的时间，什么价谈不下去，谈生意历来就是心理的较量。

“字画行业，年代之外，还考虑作者的名气。纸质的可以保一千年，绢本的一般只有八百年的寿命，这绢画能保存这么久，虽然品相是差了一些，但也属于稀罕之物了，这个价钱恐怕是难以谈下来的。”冯义南直截了当地说。他的话，更让伍德夫满心忧虑。

“不过话也说回来，东西还需要市场能接受才行。值多少钱跟最后能卖多少价也未必完全是相等的关系。”一声不吭的樊兵看出了伍德夫的难堪，转口道，做徒弟做久的人通常会察言观色。

“吴老板的心理价位是……”冯义南看看伍德夫，试探性地问道。“你报个价，我们好帮你说话。”

“说实话，这宋代的东西，买回去光保养就是个问题，还不知得花多少钱呢！”马刚靠着床杆，抱着双臂说道。

“一千万吧！”伍德夫也不怕难堪，这简直半刀斩的谈价法多少让冯义南觉得外行了，按照冯义南的心理价位，这张画一千五百万是需要的，他以为伍德夫抹去零头也会出这个价，那么他去谈一谈也应该十拿九稳。而伍德夫这半刀斩的价钱就让他觉得难堪了，甚至心里上觉得自己真是疏忽了，是的，出门的时候也没有好好了解一下伍德夫的底细。这老板是谁给他介绍的，他的手下只是跟他说上海有位老板打电话来，要请他去。他从法国回来后有一阵闲在家里了，听到有人邀请就欣然答应了。手下说，原先是做钢材生意的，后来转到房地产，是啊，这些年，房地产、钢材，不都是赚钱的买卖吗，刚需啊，于是想都没想就答应了。这样的价位叫他怎么谈呢，他可真觉得有些为难了。

樊兵迅速地瞥了吴老板一眼，又看了看冯义南的脸色。听到吴老板的报价，他在心里暗暗赞叹了一声。跟着师父这么多年，走南闯北，见过的老板多了去了，哪一个不是门槛精的料，什么样的出奇生意没谈过，世上没有谈不成的生意。北宋的画，到现在估计是找不到几张了，可是，确实如马刚说的，买它的人也是要下决心的，因为任何物件都有时间的问题，都是经不住时间考验的，那也就意味着，这幅画的寿命不是无限期的，稍不注意，它就将灰飞烟灭。

这幅画的真正问题不在于买，而在于保养。一个不懂行的人，这么轻易地抛掉这些钱，这是要面临极大风险的。氧化严重，不消一年，可能就是一块废布。他想，这也许就是这张画在老外手里这么久都没能销脱的原因。

马刚迅速地扫过两个人的脸，知道这单子生意看来要靠这个后生了。鉴定师鉴定是强项，不见得会谈生意。谈生意的不见得个个能说会道，关键时刻见功底。

马刚看了看伍德夫，向他递了个眼色。

伍德夫就添了一句："谁谈成，佣金照付。"说完，朝三个人对视了一两秒，确定大家心里都清楚了，伍德夫才打开门，三个人鱼贯而出。

马刚知道冯义南的任务已经完成，出了门，就自来熟地把胳膊往樊兵脖子上套，樊兵就清楚了马刚的意思。马刚，他以前就认识，师父手里的不少东西，曾经交给他拍卖的，往往能卖出好价钱，所以，马刚是个人才。至于后来为什么突然就失去了联系，也听说过一些传闻，有的说英雄难过美人关，让美人给卷跑了财产，有的说突然厌倦了这个行业，总之是出了一些问题，具体是什么问题，大家也没人能说明白。但是，那场砸场子的拍卖会是被传得沸沸扬扬的，老板们一到现场，才发现图册上印好的货都没有，也是吴老板出来向各位赔不是，说马刚突然重病住院，古董被盗，碰到了这样的晦气，也属于天字第一号了。那以后，马刚就没再露过面。

两个人联手比一个人强，不是还有几天的时间吗，不急，这事情总能谈妥的。樊兵拿手握住了马刚从肩膀上挂下来的手掌。两人对望了一眼，心意相通。

"中午请英国人吃个饭。"马刚说。

"你去叫。"樊兵会意。

接下去，对于伍德夫来说，就是消磨光阴等候消息了。如何消磨光阴，跟谁消磨光阴，伍德夫当然清楚明白，一个电话就把冯义南叫出来吃饭去了，吃完饭在沙滩旁边的露天咖啡厅里下棋，一个下午，听冯义南说古董。做老板的人，聪明的，都是少话的主，不到万不得已的时候，不吭声，平常都在听别人说，听得越多，对他人就越了解，信息就越灵通。冯义南听老板叫他下棋，知道谈生意的事情用不着他去解决，心里的包袱卸了下来，但多少又有些不甘心，要在老板面前显示他的用处，于是大谈特谈他的鉴定历史。伍德夫这才发现，别看冯义南一身古董打扮，气质谈吐何等风雅，原来还是个话痨，这也好，做老板的总是要人陪的，有个闲人在面前给自己上课，权当古董启蒙，也是相当不错的教育机会，值。

其余三个干什么去了，伍德夫当然知道。马刚就是他肚子里的蛔虫，这条蛔虫总能在关键的时刻帮他把疑难问题解决。所以，伍德夫放了心去。他只管吃吃喝喝等消息了。他们是在天上谈，还是在水里谈，还是把罗列法儿给干了，这都是过程，这个过程跟他没一毛钱的关系，他需要的只是结果。佣金，一千万的价钱，至少需要一百万，这些就是小巫见大巫，九牛一毛的事情了。他相信他带来的两个人是有这样的本事的。

马尔代夫的沙滩真好，阳光出来了，本来洁白的沙滩，有了一点金黄的调子。伍德夫不懂画，冯义南说，这景致，有点像印象派画家笔下的风景了，印象派画家注重光线的运用，哦，光线的运用，这世界确实神奇，什么样的人都有，一个大男人，不关心赚钱，不关心一家老小的生计，而倾其一生研究光线，研究猫在不同的时段眼睛与瞳孔的大小，这是伍德夫理解不了的事，伍德夫承认自己孤陋寡闻了，他呵呵呵地笑，称赞冯义南学问渊博，冯义南获得了极大的满足，他也呵呵地笑起来了，动作优雅地捋捋自己黑白黄三种颜色交织在一起的胡须，饱满而油亮的额头越发显得通透起来，充满了智慧似的。做老板的人就是有这样的本事，能让一个内心鄙夷的人也自我感觉得到尊敬，获得满足。这也是伍德夫能够成功的原因吧。

如此一晃也就三天过去了。伍德夫把岛上好玩的都玩了个遍。冲浪、游泳、氢气球、沙滩排球。每个晚上，马刚都会向他汇报事情的进展，不到最后关口，英国人不松口，伍德夫说，坚持到上飞机。马刚领会。

冯义南对运动不感兴趣，也不会，除了陪伍德夫坐了一会儿氢气球，别的都不参与。当他上了氢气球，球离地面越来越高，他的恐高症就犯了，一直哆嗦着两腿闭着眼睛，就这球样让伍德夫乐了半天。伍德夫在生意场上南来北往，喜欢的是高手过招，有的时候不完全为了生意，倒像是竞技角逐，保持胜利者的姿态，是他真正关心的。所以，就是在企业家里头，他也是有效仿对象的，譬如那个喜欢登山的王石，那些能单枪匹马穿越无人沙漠的网络业界的白脸书生等等。是不是企业家，不是看外表，不是电影选秀，那完全是心与脑的较量，是意志与毅力的对决。

终于到了上飞机的前一晚，马刚、樊兵和英国人都到了伍德夫馆舍里，支票递过去，东西留下。一场战役就这样悄无声息结束了。就好像冲完浪，解下安全绳、救生衣、冲浪板，顺利返回陆地一样。伍德夫邀请大家共进晚餐，马刚喝了个烂醉，樊兵也粗脖子红脸的，伍德夫挨着英国人坐，一会儿拉手，一会儿甩胳膊的，用中国人特有的方式跟他称兄道弟，请他下次得了什么好处别忘了兄弟。英国人早已入乡随俗似的，也频频碰杯。一桌子人开怀畅饮。

别了，马尔代夫，别了，沙滩、阳光、海浪、茅草屋。

四

马刚回来后的第一件事情就是联系几个媒体的朋友。伍德夫得了这张画，价值不菲，从英国人手中收回来，那是爱国之举。怎么着，要好好把伍德夫树立个业界楷模的形象出来。采访跟进，报纸上，伍德夫和那幅画的照片被刊登在相当扎眼的位置上，伍德夫拿了报纸好好地看，也收集了一些，分发给朋友。

这些都是为了项目顺利中标而安排的小动作。在众多竞争对手面前，你如何脱颖而出，获得项目单位的青睐，除了你确实精通业务，实力雄厚，还需要知名度、正面形象，当然，也少不了背后的支撑。

在竞标之前，有许多工作要做。首先，摸清楚项目负责人，审批权把控在谁的手里，谁能说上话，这些都是相当重要的因素。那么，摸清楚对方的脾性，有时候也需要迂回战术。做生意，跟打仗是一样的，知己知彼很重要。当然，关键还在于实力说话。

伍德夫毫不怀疑自己的实力。从做建材、钢材起家，转行到房地产，他做的楼盘获奖无数，虽然不能跟房产大鳄相提并论，但是，一定地域范围内的房产公司，他还是能排上号的。这是他要拿的最后一块地了，做完这一单，他就准备上岸。因为根据预测，房地产调控是迟早要到来的事情，转行到制造业，做一个实业型的企业家，才是长久之计。欧洲经济低迷，他已经考察有一段时间了，收购国外的公司也正在进行之中。中国人崇洋媚外，喜欢老外的东西，他准备在国外生产，进入中国市场，走的是逆向路线，因为经过白猫黑猫的这二十多年，中国人确实有钱了，并形成了富裕阶层，这个阶层的人正走在摆脱土豪形象的道路上，他们喜欢全身名牌，当然是国外的名牌，伍德夫想好了，他要赚的就是这拨人的钱。

为了拿这块地，他们已经做了很多工作，邀请了许多相关的领导，消息也传递到了。有一天，终于等到领导有空来公司走走的消息。于是，无论是汇报方案，还是公司内部的布置，接待人员的安排，等等，都来回讨论了多次。接待的这一天，被通知是下午三点到，行政综合部的人最后检查了一遍汇报厅，奖牌奖杯、曾经接待领导的照片，以及鲜花盆景的摆放、红地毯的铺设，都恰到好处。伍德夫接待的领导多了，一般从领导出行的阵势就能判断出他的性情。有的领导喜欢许多随从，一大帮子人涌进公司，有的喜欢轻车简从，两三个人上门，就像串门走亲戚一样。手下的人已经打听过了来的人数，但心里还是没底。这位领导新上任不久，以前没有接触过，所以不知道脾气性格。

终于等到三点，过了五分钟，黑色皇冠车在门口停了下来，走出来了三个人。前后没有别的车，司机没下车。其中一个先递了名片，说时间紧，大约只能逗留十五分钟，公司的概况介绍一下，主要是来走走，大致了解一下。

伍德夫就站到领导身边去，作了自我介绍，陪着他沿着红地毯，一路走，一路介绍。到了会议室，手下就快进播放了公司的宣传片。桌子上，一人一位地放着刚出炉的报纸，伍德夫和那张画被明显地突兀在大红色的榉木桌子上。伍德夫看到那位领导对着报纸足足有三分钟时间。宣传片播放完毕，伍德夫就邀请三位去参观他的办公室，这是额外添置的安排。伍德夫的脑袋转得飞快，宣传片一共七分钟，这之中，领导对着报纸看了三分钟，足以说明这报上吹捧的事情对他的吸引力。伍德夫就想再次让领导加深印象，于是手下以最快的速度整理了办公室，当推开办公室的门，那幅画就煊赫而堂皇地悬挂在显眼的位置上。

“英国人那里回购的？”领导说话了。

“是的。”

“很好。”领导说完，又对着画研磨了几分钟。临走的时候，一个手下偷偷地跟他说，领导的小舅子就是搞艺术的，他这样说，无非是为了凸显领导的艺术修养。伍德夫眨眨眼睛，心下了然。

马刚有事做了。他现在要准备一场低调的拍卖会。圈内的几个人都通知到了，但是，大家都知道这种拍卖会的规则。事先没有大张旗鼓的宣扬，没有出大幅的宣传海报，也没有宣传册页，甚至没有邀请函，只是电话通知，仿佛小范围的聚会，朋友之间的捧场似的。

这么快就拍掉啊？有的朋友这样问，言辞之间不胜惋惜，是真藏家。更多的朋友没有声响，彼此意会。

除了这些熟悉的朋友，还有两三张生面孔。标的物，张昉的《天女佛像图》，起拍价五十万，几个朋友不断抬价，年轻后生里面终于发出了声音，其中一个用稚嫩的嗓音喊道：“一百万！”马刚站在台上，“一百万一次，一百万两次，一百万三次！”棒槌落到了桌子上，“成交！”画当场被年轻后生领走。

马刚做这些事驾轻就熟。年轻后生捧着宝贝走出去的那会儿，马刚一路陪着送到车里，又每人分发了一张名片。摆手，再见，以后多联系。对方摇上车窗，一辆银灰色的桑塔纳，哧溜一声，走了。

酷暑快要过去了，马刚沿着江一路走，不急于回家，反正回家也是一个人。过了这阵烘热的天气，他就要四处去走走，去看看。做这一行的不能老守在家里。譬如，现在仓库里放着的一段木头，就是在一次野外郊游中捡回来的。不做这一行的人，是没有这样的眼光的。这段木头应该是春天涨潮的时候，沿着江流淌下来，被搁置到了岸边。去年出门的时候是秋天，江水已经下去了，木头就搁在鹅卵石滩上，他在江边等轮渡，走过去一看，好嘛，这么大一块沉香木，当场就决定结束旅程，雇了一辆车，拖了回来。要雕刻成什么物件，这得碰到合适的人，合适的时间。马刚就在等这个人，这个时间。伍德夫去马尔代夫的时候，没告诉他干什么。他也没想过，伍德夫是否是他要等的这个人。但是，硕大的一块沉香木，即使雕刻完了，也颇碍眼。是需要有真正需求的人才能谈对路的。年前，还要去矿山看一看，这也是在一次出游途中发现的，没事干，马刚爱出游，出游没伴，于是报旅游团，一大帮驴友累了就在山岭上休息，马刚就坐在裸露的岩石上，坐下来，喝了一瓶矿泉水，喝水的时候，马刚觉得眼睛睁不开，什么东西闪闪烁烁地弄花了他的眼，他追逐着光线的方向，原来是来自岩石上细细碎碎不易发现的晶体。马刚拿出放大镜，一看，心里就有数了，就在这个村庄住了下来，雇了几个农民，开挖，能挖多少是多少。这些石头被运回来都堆在他的仓库房里，合适的时候，运到浙江请专业的雕工，等候适当的时机拍卖。

这些都是等在后面要去做的事情。这些事情完成之前，他知道另有一件事要做，电话迟早会上门来，他只需要耐心等待。

竞标会热烈空前。土地是不可再生性资源，这决定了它的稀缺性，卖掉一块少一块。一方面是规划、国土、建设方面的专家，有实战派的，也有学院派的，一方面是政府机构的代表，各大房产商的开发方案都一本本摊在专家、代表们面前了，这些专家、代表，都是从人才库中临时抽取的，所以，要做手脚也很难下手。政府采购正在走向阳光，抵制暗箱操作，这确实也是大势所趋。在这样的背景下，公司更加需要依靠自身的实力。

竞标会前，会经过初轮的筛选，一些企业根本就没有提交竞标方案的机会，只有在这些筛选中层层胜出，最后才可能拿到标的物。当然，整个竞标过程中，土地所属方的意见最具权重分量。多少年的开发权，开发成什么样的物业，与周边物业的配套关系，将带来怎样的社会效应和经济效应，解决哪些社会问题，都需要在方案设计过程中思考清楚，并且需要摸清决策者的喜好与思路。

领导那次来公司看过之后，伍德夫又安排过两次晚宴，为了促成生意的达成，在邀请领导的同时，经过他人的介绍，也专程邀请了领导的同学，如今在京高就的某某，这样，领导吃饭就不会觉得气氛尴尬，有个说话的伴。如果说，伍德夫与领导之间试图建立的是左脸的关系，那么，那个费尽周折邀请来的伙伴则成为右脸的关系，左右脸的关系都做充足了，最后，只需要等领导一锤定音了。

领导吃完饭，聊完天，喝完酒，说，回去考虑考虑。伍德夫就在竞标会后等决定了。人力所能达到的力量已用尽，接下来，当然是听天由命。

五

时间被无限地放大、延长了，等待是一种让人难以消停的折磨，虽然，伍德夫也算得上饱经风霜，饱受考验，但是，坐下来，和马刚面对面的时候，还是显示出了些许的焦虑。毕竟，一千万哪，地拿不成，那就是有去无回的买卖。

“马刚，喝茶！喝，喝！”伍德夫劝茶像劝酒，这语气多少有些不对劲了。人们说，慢茶快酒，喝茶是要闲功夫的。以前谈事，老板们流行吃饭喝酒，后来，应该是保健意识深入人心吧，转而流行喝茶了，古树茶，老远地，跑到贵州、广西、云南那些人烟稀少的山坳里去，包下几株年代久远的古茶树，当个稀罕物地炒好、包好，送朋友，会宾客。马刚是自己人，自己人面前不讲究排场，泡的是凤凰单枞。

马刚不说话，端起小盏，一口一口地呷。他跟伍德夫一样，都在等待。但是，他的等待和伍德夫又不一样，伍德夫是一辆跑在正常轨道上的车，而他马刚，早已脱离了这条轨道，他现在只是依照原有的惯性，在奔跑，在放任，速度慢下来了，他心里有数，他不知道这终止的日期是在哪一天。

伍德夫见马刚不说话，也就不说什么了。马刚的事情，他多少有些明白。给他介绍女人，他都来不及推掉的。马刚爱的是搓背、泡脚。

太阳从黑色塑钢窗户外面，透过百叶窗，分成小条格地照射进来，中央空调冷气十足，马刚陪着伍德夫，他知道伍德夫心里想着什么，但是，这时候，说什么都没用。伍德夫不过是身边有个人跟他一起等，心里觉得踏实些。

万一不成功怎么办呢？伍德夫想说的就是这个。

能咋办呢？再把它给拍回来呗！英国人不是说，这东西值一千八百万嘛，就按这个价拍出去。这些话，马刚放在肚子里，不便于说出去。男人做事情，话要放到最后说，不然让人觉得轻慢。伍德夫把他叫过来喝茶，等待是一个方面，另一方面，可不就是这层意思。

“唉，我说你啊，挣的也不少，女人也不找一个，你这做人啊！哈哈！”人闲不得，一闲下来，就容易生事。马刚最烦人家在他面前提女人了。

“喝你的茶吧！茶也堵不住你的嘴！”马刚的脖子有些涨红了，伍德夫顿时觉得自己冒失了，气氛有些尴尬，就将胳膊搭过去，拍他的肩膀。

“哥不是关心你嘛！看你这样子，你嫂子都急！她催了我好多次了，给你介绍对象呢！”

“介绍个球！你再介绍，那我就直接要珍珍了，看你答应不答应！”马刚伸出拳头，朝伍德夫肩膀轻击了一拳。

伍德夫哈哈笑了。“别的都可以，老婆不外借！”

马刚也哈哈笑了，但心里毕竟不是个滋味，一阵阵酸楚泛上来，噎着了喉咙似的，说不出话。

还是转移话题吧。

“你说，那头会不会打电话给你啊？”伍德夫问。

“这么多年，除了老婆害我的那一次，你什么时候看我走过神？”马刚看上去有些颓唐，这种颓唐之色随着年岁逐增，越来越清晰地写在脸上了。这也是伍德夫所担心的。

两个人都沉默了下去。两个人的等待都来自相同的另一方。说到底，又是同一桩事。此时，两个人是同呼吸共患难同穿一条裤的兄弟。

两个人都觉得无话可说。等待吧，等待。

喝完下午茶，日头在玻璃窗外渐渐变成金黄色，马刚就起了身，按下烟蒂，准备走人。因为伍德夫该回家陪老婆了。是的，整个下午，说不清是他在陪伍德夫，还是伍德夫在陪他自己。

自从老婆女儿走了之后，偌大的一个家，空空荡荡的了。财产对半，三百多平米的跃层也卖了，另置了八十平米的小房子，够了，一个人住，足够了。他现在最怕的就是晚上回家，在男人堆里，他感觉浑身自在，感觉自己还是挺能把握的角色，可是，一想到女人，他就觉得不行。一种巨大的无能感袭上心头，使他觉得干什么都显多余，都没劲。如果不是帮伍德夫的忙，还他的人情，如果不是要找些事情做做，打发空虚无聊的时光，他宁可自己此刻就躺到棺材里去了。有些夜晚，他躺在床上，望着他的房间，房间里的保险柜，想象保险柜里那些收来的古董，他就觉得，自己也是其中的一件，年岁久远，曾经鲜活的生命气息已经耗尽，就像一具木乃伊一样，它的价值是年代赐予的。他搞不清楚，自己是因为太痴迷于这些古董而把家丢了，还是因为这漫长的岁月里，他渐渐沾染上了古董的气息而渐渐少了人味，那些世俗的七情六欲。

现在的他，只能算是苟活了。以前，是为妻女忙碌，每一场拍卖会结束，回到家，将银行存折交给妻子的时候，是他人生最愉快得意的时候，那时候的他，是爱女人的，并坚信女人对他的爱是坚不可摧的。他想，他这一生再也找不到爱他的女人了。女人跟了他，图个什么呢？图他的古董吗？不了解古董魅力的人，古董在他们眼里只是金钱的代名词，那么说到底，她们爱的还是他的钱了。一想到这一点，他就觉得寒心。

好在他现在还算身体健康，也还跑得动。年老了怎么办呢，身边一个人也没有。就像那次倒下一样，女儿也只是偶尔露了露面，就好像没有他这个亲生父亲一样。至亲的骨肉都靠不住，还能靠谁呢。患难时刻见真情，这也是他贴着伍德夫的原因，帮他就是帮自己。等到哪天自己不行了，他还能打个电话，叫伍德夫帮忙，送他进医院或者住在养老院里，让伍德夫偶尔过来看看他。人活在世上，不就是图这一点温情吗。

马刚洗了澡，打开空调凉快凉快，一边又打开了电视。电视背景墙是用青花瓷碎片铺就的，一段时间喜欢青花瓷，装了几麻袋碎片，离婚以后，彻底想通，觉得这些碎片要用来交易，也实在麻烦，用来修补花瓶，似乎也觉得颇花精力，那就用来糊墙吧，电视背景墙，在灯光下，蓝莹莹的一片，散发出幽幽的光，叫人看着心里踏实。电视里放着抗战片，美女特务之类的一大堆，换一个台，仍然是抗战片，再换一个台，是一个清宫戏，再换，再换，还是看看娱乐频道。一个美女主播在采访另一个美女，聊成功女性的话题。两个美女为房间增添了一些柔性的因素，在女人柔美的声音里，他躺了下去，渐渐地睡着了。

觉得尿急，再醒来的时候，是后半夜了。马刚习惯地看了看手机，有一条短信。看时间，刚发过来不久。马刚撒完尿再回来看，是伍德夫发来的："接到通知，成功了。"马刚的一颗心落了地，马上作了回复："明白。兄弟，恭喜！"

从送钱送卡到送古董，伍德夫经过了一个慢慢进化逐渐培育的过程。这个过程中，马刚一直担当着启蒙者、扶持者、经手人的角色。送古董，是因为古董的操作比较简便，棒槌落地前，很难说得清，一件古董真正的价值所在。这便是古董的奥妙之处。

一个电话等完了，剩下的就是马刚的电话了。按照一般的逻辑，这东西迟早还是要回到他手上来的，这之中的秘密，很难言说。你假想一下，有人合理合法地给了你一样东西，这件东西看上去合理合法，然而却经不住很深的推敲，那么，你还敢把东西随意到处找人去兑换现金吗？你自然会想到当初把这件东西送到你手里的经手人。马刚就是这个经手人。他现在在等这通电话。而这个电话，对伍德夫来说，跟刚才他得到的那通电话是没有关系的。也就是说，伍德夫拿不到那块地，他马刚要等着这通电话，而今，拿到了，他马刚也还是要等着这通电话的。这也是古董难以言说的美妙之处。

睡意打消了，马刚的脑袋迅速地翻动起来。按照一千八百万的价钱再卖出去，一千万还给伍德夫，八百万留给那个打电话过来的人，这桩交易看上去如此美妙无缺。那么，采用怎样的形式拍出去呢？是私底下的交易，小规模地拍卖，还是大张旗鼓地进行。这个，马刚其实不用想，熟门熟路。各种方法都有利弊，他要选择悄无声息就把东西卖出去的方法。否则，就会引来媒体的再次关注，他们会追根究底，就是，这古董怎么这么快易主了呢。当然，公开地拍卖，可能会引来大鳄，有可能拍出更高的价格。但这价格也会公布出去，这样，伍德夫的一千万，就不容易再拿回来。所以，这种情况，最适合罗列法儿采取的方法，私底下的交易，准确地物色目标人物。而目标人物的物色，经手人比单独的一个个老板自身更清楚。一个好的经手人就是一个磁场的核心，周围就是一个市场供需圈，譬如，他马刚的身边始终围绕着那么几个老板和官员，那么罗列法儿的身边也肯定会围绕着几个老板和官员，他和他有一个共同点，就是嗅觉敏锐，能闻出身边或者在身边的朋友圈里，此刻，谁更需要这件东西，就像罗列法儿当初嗅到了伍德夫急需一件上档次的古董一样。到哪里去找下家呢，这是悬在马刚脑门上的真正问题。

马刚靠在床头，悠然地点了一支烟，自从恢复到单身状态后，他自由了，随处都可以抽烟，烟灰掉落下来，落在被套上，烧出一个个洞，他也浑然不觉。有些夜晚，他就这样一支接一支地，抽到天亮。

天亮了，手机哇啦啦地叫了一通，马刚看了看手机，接通了电话。是一个男子哭诉的声音。想必是想了一夜，越来越纠结，终于等到天亮，才打通了这个电话。

“马老师，我现在正是创作力量最丰盛的时候，你们这样对待我，是不公平的！”那个男子永远是这样的娃娃腔，有些男子，好像永远生活在母亲的羽翼之下，永远不能成熟似的。对于这样的男人，马刚觉得有必要教训他们，以使他们能够真正地成长。

“你一个大男人，先学会好好地说话！”马刚语气平静，不带任何表情。话都不会说，还想挣钱，想发财，做梦去吧！马刚有些恼怒了。

“我现在已经画了一百多幅了。”声音软下来了，带着点哀求的语气。

“那你自己拿到画廊去推销呀！”马刚没好气地说。

“画廊里能卖出什么价啊，一幅画的价钱是以前的十分之一，这叫我怎么能够接受啊？”男子习惯用反问句说话，马刚觉得更加没好气了。最早认识他的时候，他觉得这是艺术家的个性，而今，他只觉得幼稚。

“规则一开始都跟你说清楚了的，是你自己把自己给砸了，能怪谁？你的画已经掉到那个价钱了，我现在就是再帮你吹，再帮你拍也难了！”马刚敷衍道。

不按规则出牌的人，迟早是要付出代价的。这就是眼前这一位的教训。马刚还能回想起早五年，这位男子在个人画展上意气风发的姿态。他们是在画展上认识的。那时候，男子刚刚在画坛崭露头角，马刚在这些年轻人中间物色有价值潜力的后备人选。他给了年轻画家一张名片，告诉他需要卖画的话就来找他。年轻男子果然来找他了。他就按照拍卖行的规矩，跟他签了一个合同，即，不管他画了多少画，只能提供给马刚的拍卖行。这种垄断手段是炒作一个画家的捷径。马刚开始的时候，通过一些圈内的熟人拍卖、传播，把他的画拍出高价，炒上去。一年拍的次数不多，给人画作珍贵难得的假象，两年时间，年轻人的画作已经从一万一平尺飙升到了大约五万一平尺。就在这时，这个迅速膨胀的男子感觉到了合约的约束，因为众多的拍卖行、画廊纷纷向他要作品了，他以为他已经长硬了翅膀，可以纵横了，可以离开马刚的制约了。他疯狂地画画，很快，各大拍卖行和画廊都充满了他的作品。马刚想，又一个有前途的艺术家要毁掉自己的艺术生命了，他上前劝，可是，那时候，这个娃娃气孩子一般的男人还远未从那种成功的晕眩里摆脱出来，他躺在高高的轻飘飘的大床上做他的发财美梦，不到一年，作品价格回落，男人不能相信这个事实，他以为自己不够勤奋，于是，更多地绘制作品，更精细地绘画，然而，就是挡不住画作价格掉落的现实。而今，一张画五千块，他也要急于出售了。一个搞艺术的，把自己的名声混到这个分上，那就意味着彻底给毁了。什么叫作艺术家的寂寞，只有守得住寂寞，才能拥有最后的收获。这个行业就是这样残酷无情，因为艺术品跟奢侈品其实是一个道理，它的自身不具有太多的实用价值，它能吃能喝能住吗，它从来不是刚需，它的价格来自于人们的欣赏，而令人欣赏的事物永远都有一个定律：物以稀为贵。且不说，随意地违约，违反这个行业的规则，在道德上、契约精神上不够资格，就是那贪图小利，只看眼前利益、鼠目寸光的做人姿态，也决定了终将难以成大器。一个名声已毁的艺术家，显然拍卖行不会再给予垂青的目光，如何生存与生活，就看自己在江湖上的运气吧！

马刚果断地挂了电话。他走到桌边，打开抽屉，从里面翻出一个名片盒，把名片一张张摊在桌子上，一张张看过去，最后，抽取了五张名片，揣到上衣口袋里。

换了休闲打扮，脖子上套上一块老玉，带上手包，出门吃早饭。小区门口秀水街上新开的早餐店很好，小笼包子，相当美味。马刚气定神闲地坐下，戴着巨大翡翠戒指的中指在桌上敲得铛铛地响，店老板赶紧上前打招呼。桌子上明明白白地放着醋、辣酱等调料，马刚不爱自己动手，低低地发落两声，老板娘就笑容可掬地拿了两个小盏过来了，一个个盛好，摆放到马刚面前。马刚咬两口，不是嫌太烫，就是蒸得不够熟烂，老板也笑呵呵地应承，要帮他换两个，马刚说不用了。吃完打个饱嗝，戴上墨镜，一手插在裤袋里，这才甩着手臂走出去。

新的一天又要开始了。

六

马刚约樊兵在洗脚城见面，是因为上次的合作使他暗自感觉到了这个中年后生的力量，他想，那是一个很好的开头，那么，这件事的结尾也应该少不了他。不管怎么说，他都想听听这个年轻人的意见。

洗脚城是个虚夸的词汇，其实只是顺义宾馆的一个楼面。与樊兵的住处隔着差不多的距离。大热天，马刚也不想开车，打车更方便，于是出门就招了一辆出租车。在路上，他盘算着待会儿怎么跟樊兵说这事儿，他感觉到，樊兵是一个可以长期交往的朋友，有钱大家一起赚，是结交朋友的共赢形式。可以说，结交这个朋友，比单纯完成一次买卖重要得多。以樊兵从小闯荡江湖的经历，他手上的资源一定比他马刚丰厚，因此，帮伍德夫完成这趟买卖，还是与樊兵商量一下更靠谱。

马刚先开了洗脚房，说是洗脚，其实包括泡澡、按摩、洗脚等一整套完整的程序，没有半天时间泡在里面，是完成不了这一系列流程的。马刚先往榻上一躺，服务员进来问他泡澡的事情，他没有吭声。不吭声就表示不愿被打搅，服务员就走了。估摸时间该到了，马刚拨通了樊兵的电话。呃，差不多了吧，哦，还要五分钟，好，好，我等你，不急，慢慢来，天热，你慢慢来。

五分钟后，樊兵到了。樊兵着一身黑衬衫，米黄色的沙滩裤，一双宽皮凉拖鞋，一副不修边幅的样子。外人一看，根本看不出他是干古董这一行的，而且，更不会想到他在业界的地位。倒是马刚自己，从年轻做记者的时候就非常注重仪表和形象，干什么就给人像什么的感觉，这也是他在早餐店里为什么能把店老板支得点头哈腰的原因，一看，就是个做大买卖的。樊兵看上去却是不显山不露水的，倒叫马刚刮目相看了。

樊兵推开门，往门口一站，让马刚产生了一种陌生的感觉。他的气场与这洗脚城的氛围实在是不太吻合，他是精干瘦肉型的，是一个汉子，在他马刚身边，更像一个保镖，会让主人感到一种难以言说的安全。这样一个人，完全是块干事的材料，不会在毫无意义的享受上面浪费时间，泡澡、按摩、洗脚，这么长的程序，会不会让他感到厌烦。那就泡个澡再说吧，边泡澡边谈。

和干练的人在一起，决不要拖泥带水。马刚指着一边的浴缸说：“咱们边泡边谈吧！”樊兵应了一声，迅速地脱个干净，就走向了一边的大木桶浴缸。倒是马刚，没有这么利落的动作，一边慢腾腾地脱了，走向另一个大木桶，不好意思地摸了摸自己日渐肥厚的肚子，说道：“哈哈哈，你年轻，体型真好！”

樊兵在木桶里呵呵笑了一声，没有多余的话。

马刚寒暄了两声，无非是问他上次别后，这些天来过得怎么样。樊兵知道是谈事的前奏，也就一五一十地回应，等着马刚的下文。

“我说樊兵啊，上次我们拍回来的画，现在吴老板想一千八百万卖出去，你可帮我打听打听，有合适的下家吗？”

“这么快就想脱手啊。”

“也是碰到一点难事，他这样问起来，可能有这个打算。好歹你帮我打听打听。”

这点事其实电话里都可以说清楚的，而马刚拉自己来泡澡，无非是借着事情进一步联络感情罢了。马刚是怎样的人，他樊兵老早就清楚，总体说来，此人的发展趋势是在走下坡路。一个人如日中天的时候，身边是会聚集很多貌似朋友的人，可用的资源也多。马刚最春风得意的时候，樊兵还没有出山，有时候跟在师父身后，能在人群队伍里看到马刚，而今，与马刚单独面对面，甚至马刚的语气，说说是商量，其实是拜托，但好歹马刚算是前辈，自己在这个圈中混，重要的是人情。

“我回去问问师父看看，是否有合适的人也很难说，尽量找找吧！”樊兵用湿毛巾擦着脖子，一边说道。

马刚听他回答得滴水不漏，也就呵呵笑了，一边就说起在马尔代夫的经历，两个人谈起罗列法儿，都高兴得很，毕竟是合作谈成了那桩生意，就像是躺过同一条战壕里的战友。

“你说罗列法儿从人家手里收来，大概是多少价？”为了使泡澡的气氛活泼一些，马刚饶有兴致地起了头。

樊兵摇摇头，“不好说。”他的意思是难以猜测。“是不是他自己收来的也难定。说不定也是像我们这样替人办事的呢！”他又补充了一句。

“这倒是。当初忘了向他探听探听。”

“问问就明白了。国外我们也不是没有生意上的来往，圈子里打听打听。”

“哦，这倒是。你索性一并打听打听，说不定他那儿也有什么客户呢！”马刚就着杆子一并发落，他这发落的语气，应该是一种习惯。可是樊兵听起来有点别样的感觉。

“你的意思是，那张画，重新再卖到国外去啊？”报纸上当初的吹捧，樊兵也是看到的，他没想到，这么快，这张画又得重新易主了，而且他听出了马刚的语气，画卖到哪里，马刚其实并不关心，也就是说，当初将画买回国，不过是伍德夫的一个噱头。樊兵有一种受到欺骗的感觉。跟着师父这么多年，师父的话听进去了不少，不仁义的生意是做不长久的。当初，他那么费劲帮伍德夫低价把画收进来，也还是因为师父的一句话，这件事值得做。而今，再倒卖出去，无论怎么说，樊兵心里都感到不太舒服。

马刚听出了樊兵语气里的不舒服，他为自己的轻率感到了些许的不安。跑完澡，樊兵说他还有事，这事情他会放心上的，有合适的老板会向他推荐。马刚知道下面没办法再进行下去，只好讪讪地握手告别。

樊兵这里，看来是没戏了。马刚往床上一躺，叫来服务人员接着按摩，一边按摩，他一边想，他得想清楚了，下一步该往哪里走。躺在床上，他就从手包里摸出了五张名片，拨通了电话。“嗨，葛总，好久没联系了，都还好吧？”电话是个奇怪的东西，虽然双方见不着面，但对方是怎样的语气表情，对这桩事情有无兴趣，一般一通电话就能判断清楚。有兴趣的，马刚会顺杆子再约见面的时间。

五个人，以前都是生意上的好伙伴，但是自从马刚的婚姻遭遇变故，也就失去往来了。马刚就像一条进入冬眠期的蛇，找一个洞躲了起来，他不知道是在躲别人还是躲自己。这么漫长的时间，他马刚消失在他们的视野，如今，这个声音忽然从角落里冒出来，显得有些生分，有些突兀，马刚拿着电话，这边声音的频率也就不那么和畅，就像悬着一个无比巨大的未知，马刚觉得自己的声音空空的，软绵无力。

从洗脚城踱出来，是下午四点的时光了。马路上，小汽车如流水一般来来去去。马刚不急着回家，太阳消失了中午时分生猛的力量，打在脸上，还能忍受。马刚顺着马路一边的人行道，走回去，边走边思考。

做生意有时候会陷入死局，当所有的希望都变成失望，这时候，需要绝处逢生地忍耐和寻找。马刚从手包里掏出一包烟，点上一支，悠然踱步。穿过斑马线，对面就是江水，隔离堤坝高高筑起，沿着江流，婉转成一道弧线。岸边，停靠着三五只游轮，江水黯浊，一年又一年。马刚觉得自己的确是老了。

女人，甚至比不上古董来得亲切，而古董，就像眼前的江水一样，生不带来，死不带去，他与它们之间的关系，只是互相欣赏、摩挲、关切一段时光，每一件古董，都由这些缘分中相知相遇的人来继承，互相映衬生命里的华光，如此而已。但是，马刚需要钱。自从女人走了之后，他知道他所能依靠的只有钱了。随着年岁逐增，他会越来越需要钱的帮助，譬如，用钱来找一个保姆，和他做伴，照顾他的生活。无数次，他的思维不断行进，朝前触探，他都遭遇到同一个问题，就是，当他孤独地老了，他将维持怎样的生活？那时候，他大概已经脱离生意场，对于古董的行情，不再拥有清晰的判断能力，因此，他需要在真正的衰老到来之前，把库存的古董一件件卖出去，卖个好价钱，然后，过上食利生活。

太阳一点点落下去了，马刚还在路上，已经走了四十多分钟了。穿越一条街道又一条街道，马刚才知道，回家的路原来这么漫长。

仔细想来，是因为家里没有吸引他的因素，因为与以前，忙完生意急着回家的心态，他觉得自己是两个世界的人了。他是自由的人了。自由的人有着宽裕的时间，等着去消耗，他想他可以慢慢地走。

樊兵的不屑，他看出来了。他的意思他懂。商有商道，这东西从外国人手里夺回来，是一种本事，再送出去，就是耻辱。这点道理，他一个记者出身的商人，怎样的大是大非，拎得更明白。但是，商界就像眼前的河流一样，开始时，也是澄江似练的，随着岁月的流淌，各种元素都融入到江水中，就会变得黯浊。马刚也是在一种又一种吃惊的心态中历练过来的，每吃惊一次，棱角就少了一块，渐渐地变得圆滑世俗，仿佛看不到年轻时熬夜写文章的模样了。

马刚紧闭着嘴，只是往前走，两个大门牙支撑起上嘴唇微微隆起的弧度，上面是坚挺有力的鼻梁，再上去是高高的饱满的额头。这是马刚的侧面，和正面一样，给人成功人士的感觉。

一手插在裤袋里，一手捏着手包，他只是往前走。天色还亮得很，这样的夏季，要到七点，太阳才会掉落下去，他有的是时间。当然，那个迟早会打过来的电话也还没最终打过来，他也还有充足的时间运筹帷幄。

吃过晚饭，他就带着手机，坐到阳台上去，等。伍德夫拿地的消息已经确切，那么，那个电话最终还会过来。他这些天手机不能离身，就是睡觉也要保持二十四小时畅通。在这一行做久了，嗅觉变得异常敏感，他估计也就这两三天，那个电话要过来了。

在这等待中，也包括那些长久没有联系的老板的电话，他又将名片重新翻了一遍，梳理出可能的目标，在暑热的微风里，在阳台上，他一个接一个地问候，询问公司的情况，正在进行的项目。这种私底下的交易，见不得阳光的交易，就存在这样的麻烦，没有足够的顾客群。

这年头，做实业相当不容易，在外面听听都是老板，十家企业只有两家是能撑过去的。因此，没有足够雄厚的基础，跟古董就根本沾不上边。通过电话，马刚知道前几年好的企业，这两年衰落下去了，而有些不怎么样的企业，现在做出来了，有了打算扩张的企图。这就是最好的时候，有需求就会有机会。而且，古董的妙处，很多初步达到这一层次的老板并不能领会，还需要他逐渐带入门，一旦他们领会了其中的妙处，他们就离不开他了。顾客群就是这样逐渐培养出来的。

邵老板，接触的时候还是跟在葛老板身后的年轻后生，那时候说，想要做游戏，向葛老板申请投融资，邵老板很快地推出了一款游戏，因为运作成功，受到热捧，一个月达到八百万的用户量，葛老板一看，觉得这个行业有前景，继续投，第二款游戏出来了，因为风格、模式都差不多，用户量到达六百后，就一直上不去。但是，年轻人的思路不一样，马上寻找原因，发现用户上不去是因为在玩的时候，有几个设计的环节难度太大，玩不上去，就放弃了。于是，邵老板找了一帮人来分析，慢慢地修正，推出一季二季三季连环版，游戏又热了，一下子用户量到了一千五百万每月。葛老板说，现在什么生意都离不开网络，长江后浪推前浪，小邵现在也是邵总了，游戏分公司开到了北京，我帮你问问吧！

打通电话，邵总就呵呵笑了。“古董，我懂。我们藏宝图游戏里有的，为了这款游戏，我没少跑博物馆。行行行，你有什么货，我哪天来看看。”

邵总是八零后，按岁数，放在封建社会都能做马刚的儿子了，他的话里满是好奇的意思，这样的顾客，马刚还真没混过，心里没底。坐下来，暗自觉得应该没戏。属于他们这个年龄的那个时代已经走远了吗？马刚接完电话觉得神思恍惚。因为一通电话下来，不少老板已经移民了，放弃产业过悠哉的晚年生活去了。马刚觉出自己落伍了，八零后，显然自己缺少和这些人交往的经验，这些人，在他眼里，可都是屁孩啊，如今，都登上舞台了。他马刚是不是该把舞台让出来了呢！

这真是马刚不曾想到的，电话打了一圈，有兴趣的居然是一个八零后。

七

电话是在晚上八点半响起来的，持续的时间不长，响了一会儿就断了。马刚敏感地意识到电话终于来了。等了这么多天，到临了，马刚还是有一点微微的紧张。他看了来电显示，迟疑地拨通电话，那边的人马上就接了，显然也是等着的。

对方的语言相当简洁，语气迟缓而坚定，又吞吞吐吐，是马刚熟悉的语言方式。马刚说没问题，东西交给他处理就是了，您只需要在家等音讯。

对方的开价是五百万，一百万拿进的东西，五百万拍出去，赚取其中的差价。马刚吁了一口气，这开价比他预先想象的好，生意做起来会容易很多。这种现象马刚见多了，对方未必不知道这张画的真正价值，关键在于他们到底想在这场交易中得到多少好处。贪欲大的人，完全可以要求按照原价处理，这样的人对付起来比较棘手，马刚通常会以共利共惠的原则适当给予引导，而对方通常都能识时务地接受，毕竟把柄就握在自己手上，因此，他们一般会报一个底价，方便马刚操作。当然，也有许多人会把东西捂到退休再上市交易，那是真正的好藏品，并且利于收藏养护。只是古语说得好，人贱物亦鄙，不在位了，办事的人少不得会马虎许多，一般性的古董的价值，靠的是圈子的捧场，再是有价，如果无市，也只能是竹篮打水，所以价格上下浮动，没有定数。马刚在办事过程中，通常会事先把这些利弊说清楚，让对方有个判断，拿主意。这也是马刚为人可靠的地方。现在，对方的出价比自己的预期还低一些，这也说明这位新上任的还是挺有水平的。一个人是否有水平，通常从这些小事上面就可以反映出来，就是他能否拿捏准分寸，让周遭的人都感到平衡和愉悦。

这张画，他现在只需要一千五百万卖出去，就可以交差了。这个价钱比当初罗列法儿开的价要低一些，因此，即便是罗列法儿得到这个消息，兴许也是有兴趣的。现在，马刚的精神一下子恢复过来了，前些天感受到的无形压力正在一点点释放出去。好，五百万，真好。

第二天一早，马刚开车出去取件，对方拿出了一个布匣子，东西就藏在里面。这么简单粗暴的收藏方式让马刚看了有些痛心，心里暗自生出一股不屑的气流，觉得这是明珠暗投，宝贝落在泥土里了。还好可以早一点收回来，就这样的收藏方式，这画用不了多久就得完全毁弃。当然，交给伍德夫这种从乡镇企业家发展起来的土豪，也是一个结果。马刚作为一个古董珍藏者的那一点秉性这时候就溜出来了，他提着一个长长的皮箱进门，在对方的眼面前，一个个地打开了，真是里三层外三层，临了，在东西的外面包裹上一层软布，再是真空膜，将空气抽出来，封死，再藏入一个铁匣中，外面套了一个匣子，再放进皮箱里。这一通手脚就够对方看的，完了，马刚牵动上嘴唇线，浮起一个笑容，露出两颗大门牙，将立的字据交给对方，转身就走，干净利落。

接下去就是和邵总约时间了。当然，这对于马刚来说，也是一次新的尝试。马刚就像一个博物馆讲解员，领着邵总在他的仓库转悠了半天，每一片石块、每一尊玉器，还有他拉回来的沉香木，开采出来的水晶石，一件物就是一个故事，邵总在里面转悠了整整一天，一再称大开眼界。至于那幅画，马刚想，这个后生毕竟还年轻了一些。邵总果然看上了那块硕大的沉香木，说自己一直缺一张古雅的桌面，这沉香木拿来做一张桌子怎么样。马刚陶醉在自己的讲解中，邵总说出了这样的话，才使马刚意识到自己或许在对牛弹琴。但是，下一代要靠这些年轻人了，古董也是需要继承的，不能因为邵总不懂得沉香木的价值和意义就弃之不顾。“桌子。邵总，你是开玩笑吧，这可是货真价实的沉香木啊！你如果需要雕刻什么佛像之类的装饰品，我可以帮你想办法。”邵总知道自己浅薄了，也就道歉，虚心讨教，真是不看不知道，一看吓一跳啊！

和邵总共进晚餐，送他到住的酒店，马刚回来，觉得还是要打那个电话，那个他最不愿让人知道的电话。他犹豫再三，翻出了那张名片，拨通了国际长途。

“一千七百万，老兄，你是在开玩笑吗？”罗列法儿夸张而高调的声音从那头传过来。临了，他又表示要考虑一下。如果换成马刚自己，他也会表示要考虑一下的。这个考虑的内容不是接不接这单生意，而是怎样接更有利。马刚知道这样的价，罗列法儿没有不接的理由，商人都是逐利的，有利可图，就会像苍蝇一样围着有缝的蛋飞舞，这里明摆着有一百万的利润空间，罗列法儿不接才奇怪呢，但是，罗列法儿会思考这个空间是否可以进一步拓展，譬如再争取两百万等等。马刚开这个价，也是算计过的，他要给罗列法儿留有空间，以便对他形成吸引力，同时也预留砍价的空间，为了自己的利益。他知道罗列法儿不会考虑多久，现成的买卖不会有人推辞的。他应该明天就能等到答复。

最后谈成的价钱是一千六百五十万。这是八月末，正是最炎热的季节，马刚再次上了飞机，这一次，他要在飞机里孤独地待上七个半小时，罗列法儿说，还是在马尔代夫碰面吧，说起来也是缘分，那是他们头一次碰面的地方。马刚对那地方也颇有留恋，上次去只顾着谈生意，并没有好好地玩痛快，这一次，生意基本已谈好，他应该在那里痛快地玩一玩。马刚这样想时，心里总觉得酸酸的，形单影只的滋味不好受，许多年了，他是被动适应孤单的现实，一个人玩，对着蓝天、海水，恐怕也脱离不了笼罩在他全身的寂寞，而这种寂寞是无法驱逐的，无力改变的。

罗列法儿已经先到了，这个严谨的英国人做事情总是一板一眼。马刚匆匆地吃了晚饭，就约他出来碰头。两人带了一壶速溶咖啡，在沙滩边找个椅子坐下，边喝边聊。罗列法儿在极力探听这张画买回去后的遭遇，而马刚则在那边王顾左右而言他。马刚非常想搞清楚这张画的来历，以及罗列法儿手头上的顾客资源。驻华外交官留下来的，就是这样简单的信息。“那么你是怎么得到的呢？”马刚问。一个商人跟他说，如今中国正兴起一股购回流落在外的文物的潮流，可以趁高价卖出，他这些年连续做了几单生意，都是卖给中国人的，因为中国人觉得从外国人手里把老祖宗的东西买回来，特别有面子。“那么，这幅画你打算如何处理？”“当然是再卖给你们中国人咯，还可以出更高的价，不怕没人买。”罗列法儿肯定地说。“从你手上买和从我手上买，给人的感觉是不同的。”罗列法儿补充。“在你手上，这张画一千万都不值，但是在我手上，被附加上了另一层意义，是这个意义值钱。”

如果不是罗列法儿这么说，马刚倒还真没仔细推敲这里头的学问。也就是说，这英国人拿稳了中国人将回购文物视为爱国之举的心理，而这种心理造成文物的价格无限量地飙升。这些老外可真贼啊！“当然啦，有些中国人的确是出于爱国之心，而有些不过是为了虚荣罢了。”罗列法儿赤裸裸地点明了，搞得马刚如皮革一般厚的脸皮都稍稍地有些发热。

是的，任何生意都是心理的较量，都关系到社会心理学。这张画最终罗列法儿还是要卖给中国人的，而且因为其中这层心理因素，可以牟取更多的暴利，这是马刚起初不曾想到的。夜幕降临，海水黑魆魆的，不远处闪烁着斗折蛇行的灯火，是看上去如同茅舍的度假酒店。海风轻轻地吹，马刚快乐不起来，他怎么想都快乐不起来。

这么郁闷惆怅着，和罗列法儿的话渐渐少了去，沙滩、海水，昨夜他还在上海一隅，今天已经远隔万里，在一个不怎么熟悉的所在，和一个谈不上熟悉的人在一起，谈一桩不怎么体面的买卖，在这个老外眼里，他们这群人，伍德夫和自己，是怎样的形象呢，他一定在心中鄙视自己吧，看，中国人就是这么蠢驴，白花花的钱送给老外赚。呵呵，马刚笑了一下，深深地吸了一口气，紧闭了嘴唇，拧紧了眉毛，望着远处，沉默良久才站起身来，两人一起朝宾馆走去，分手，道别，晚安，满腹心事地洗澡睡觉。

手机叽哩哇啦地响了起来，是伍德夫的电话。

“嗨，喝喜酒也不通知一声，好歹我也算叔吧，红包我都准备好了呀！”伍德夫的话里头真有些生气了。

“谁，谁的喜酒？你这是说谁哪！”马刚被数落得莫名其妙。

“你装什么蒜啊！项目是花了我不少钱，可这么个红包我总还给得起，你这么把我晾在一边，就太没意思了！”

“你没打错电话吧？晚上哪里鬼混去了，喝多了啊。”马刚一头雾水。

“你这是什么话，马刚，我们都只一个孩子，儿女亲家的喜酒又不可能喝第二回，第三回，你嫁女儿连我都不通知一声，还拿我当人吗！太见外啦！我能不生气嘛！我以后儿子讨媳妇，也不会叫你！”

“你等等，我嫁女儿？”马刚推开窗户，海风清凉，扑到脸上来。

“哎呦，你不会说你不知道吧？！”

“谁跟你说的？”

“珍珍的同学告诉珍珍的呀，就昨晚上，在天豪饭店，摆了三十桌啊！这同学是你老婆，哦，毛丹红小姨子的外孙女，叫什么燕飞来着，你可能认识吧，也被请去喝喜酒了呀！”

“不知……道，不认识。”

“你没去？”

“我在外地，有事。”

“哦，你也够狠的，就这么一个孩子结婚都不去捧个场，也难怪孩子不喜欢跟你。听我说一句，离了这么多年了，别老解不开疙瘩！”

“……我还有事，挂了！”

“好好好，红包等你回来帮我带过去！”

马刚挂了手机，站在窗边，望着黑魆魆的海水，点燃一支烟……海面上，有灯光，一点，两点，朦胧出一片模糊的睡意。马刚想起女儿来了。过得快，二十五了，还是前年大学快毕业的时候见过一面。马刚到北京会几个朋友，顺道去女儿学校转了转。女儿很沉默，基本是马刚问一句，她答一句，两人站着，聊不下去，天气阴冷，寒风瑟瑟的，马刚说晚上让她出来吃个饭，她说快要考试了，忙，马刚就没再坚持。短短的五分钟不到，马刚丢了一包大厦新买的衣服给她，转身就走了，女儿居然也没跟出来送送他。后来女儿回到上海，在一家设计公司里上班，马刚也是听别人说的，还特意上门找过两回，第一次没碰上面，第二次终于约出来吃饭，话也少得很，马刚不是一个讷口少言的人，但是女儿三缄其口，多年没有一起共同生活，彼此之间甚至连客气都谈不上，只是闷头吃。

想不到已经结婚了，这么快。

马刚已经适应突然从哪个角落冒出关于女儿最新消息的节奏了。考上大学、毕业、工作，这些仿佛都与他马刚无关。女儿现在与马刚发生联系的，就是在他的朋友们的嘴里，他还有这样一个女儿存在。朋友们通常会问：女儿读书怎么样啊？或者，女儿对你孝顺不？女儿在什么学校？女儿工作了呀？多少钱一个月啊？做的是什么工作？设计，好好，女孩子做设计好，有艺术气质，这一点，是你的遗传呀！

就是这样一些话语，提醒着马刚，他身边还有一个至亲存在。虽然，碰面也没什么话，不要说孝顺，简单的聊天沟通也没有。但是，马刚想，毕竟还年轻，等经历了一些世事会好一些。他将来还要做丈人呢。也许有机会和女婿碰面，坐到一起喝喝酒，这时候，女儿也该有一些生活经验了，会开朗起来的。一直以来，虽然也觉得孤寂，但马刚还存有这样的惦念，怀着一点希冀。为此，他一直等待着这个电话，女儿结婚的电话。作为亲生父亲，要不要出席女儿只此一次的婚姻大事场合，马刚设想过多次。是让那个仇敌男人参加呢，还是自己呢，他想，毛丹红会给出一个答案。至少也应该通知一声让他知道吧，他毕竟是女儿的亲生父亲啊！

没想到是这样的结果。

这意味着，女儿今后的生活与他是毫无干系的了。那个尚未谋面的女婿，是不会承认他这个突然出现的丈人的。而那个仇敌男人才是合情合理的丈人。他们才是一个整体，他们希望天衣无缝地粘合，而他是妄想破坏这个整体的额外的多余的力量，是他们的威胁。他们现在已经达成共识，要躲避这种威胁。既然，他不能成为合情合理合法的丈人，那么，今后的孩子也不会再叫他一声“外公”了。他与女儿的联系，与骨肉的联系，是否在昨晚意味着截然的分离，截然的被抛弃，这是他未曾预料到的。

马刚就像一条衰弱的鱼被抛弃在了夜晚的沙滩上，唯留下苟以延命的喘息，一种让人窒息的孤独裹挟着他，仿佛掉落进千年的冰窟。他站在窗边，一支接一支地抽烟，凝神对着海面，沉默良久。一个圆圈一样的符号，从他的心底渐渐地升腾上来，他看到心里的那个自己，拿着毛笔，在一张不怎么清晰的纸上，谨慎地画着什么。他仿佛走近他，在他的身后仔细地观望，才看到他画的是一个大大的圈，一个句号。

本该结束的早已结束。现在，只不过是印证了这个事实。他一直无法面对、竭力逃避，而今终于被迫要接受的现实：他，马刚，被亲情彻彻底底地抛弃了。

接下去的光阴，他该如何安排生活呢，这个问题，虽然以前也有考虑，但一直为纷杂的日常事务所打搅，只是断断续续地思考过，从未像今晚一样凸显出来，像一个巨大的问号悬挂在脑际。马刚洗了澡，上床，将自己的身体摊在松软的大床上，摸着松软的肚子，一阵难以遏止的悲哀深深掘住了他的心。有一天，老朽到不能自理的地步，会有人在身边照顾自己吗，住进医院乏人照顾的经历，使他想到这点就觉得不安。

他觉出自己此趟马尔代夫之行的可笑了。他这是在干什么，还在忙赚不完的钱，这桩生意对他来说，意义何在？刨去支付给伍德夫的一千万，支付给那方的五百万，自己还有一百五十万的净收入，加上之前伍德夫给的五十万佣金，就这幅画的买卖，他能轻松挣到两百万。可是，对他来说，钱还有什么意义呢？仓库里存放的古董，搞一次拍卖，足够后半生过奢侈的生活了。钱能够帮他把完整的家再找回来吗？他去看过她们，远远的，还有那个司机，她们一同去超市购物，司机在身边左提右挑的，看上去很和谐，很愉悦，那个司机的位置，本来是属于他的，可是他竟然没有能力再要回来，即使他这么能挣钱！

回顾在钱堆里跌摸滚爬的一生，他觉得自己得到了许多，也失去了更多。假如自己一直在做记者，那会是怎样的情形呢？做记者很忙，一天到晚奔跑在外，可是，会有司机靠近他的家人吗？会有一个外人觊觎他的财产和亲人吗？他夺走了他的一切，而他居然没有能力再要回来，这么多年的努力，都没办法让他在女人的心里生下根。这才是他要解决的问题，是他人生路上面临的困厄，要拼力去应对的事情。但是，他能抓住一个女人吗？抓不住了，除非是真喜欢古董的女人，一个活生生的男人与一堆没有气息的古董放在面前，你会挑选哪一个呢？马刚又一次感觉到了颓唐和没有意义，他觉得自己就是一具古董，一具木乃伊。

失去意义的生命。树已经老到结不出果，根基腐烂，再也开不出旺盛的生命之花了。与一大堆古董和钱相伴，孤独着孤独，这就是他当下的生活状态，也是以后的。他当然会死去，死之前，这些古董他将作如何处理呢？难道再送给妻女，送给这个背叛他的女人，在他心头插上一刀子的女人，送给连结婚也没个音讯的女儿，送给那个恬不知耻的男人？他做不到。那么，送给朋友？似乎也做不到，而且也没有意义。真正赏识古董，珍藏古董的人有多少呢，譬如伍德夫。那么，捐给博物馆，他的那些个收藏似乎又还没上到这种档次。是啊，越想，考虑的事情，令他内心忧乱的事情就越多，他的确得整理出一条思路，对自己和他珍藏的这些东西，有个好好的交代。

这次的生意本来是简单明快的，一手交钱，一手交货，完事走人。明天是关键的一天，早上交易完，下午就可退房间走人了。可是，马刚翻来覆去难以入睡，他从来没有这么仔细地思考过一桩生意的意义。一种空心的感觉始终追随着他，他的生命没有了方向。

马刚现在的思考几乎接近哲学层面了，生与死，价值和意义，对人生的交代。

万事是经不起推敲的，推驴拉磨几个来回，事情就会蔓生出许多枝节。这些，在以前，是从未进入他的思想领域的，因为他觉得自己还年轻，不需要考虑，因为他还热火朝天地忙着在社会上混个出人头地。而今，他也看见了，八零后都走上历史舞台了，他这棵木头，貌似再也焕发不出青春了，还在赛场上追逐一毛一分的利润，就真的不合时宜了。他该激流勇退，退下来之前，他得拎清楚几桩事情，他现在特别渴望的，这些年都在渴望的，就是把曾经失去的面子再找回来，就是让他马刚的名声在众人的嘴里有个好口碑，收藏拍卖了大半生，他觉得自己应该得到这个回报。是的，是该画句号的时机了。他要把这个句号画圆画漂亮，他已经厌倦了为钱而忙碌的时光，他很孤独，他厌倦了这种孤独，但是无法摆脱，他希望在孤独老去之前，能够做一点事情，像一个真正的古董收藏家一样，做点男人的事情，给自己画一个漂亮的句号。

早上起来，艳丽的阳光从窗外投射进来，马刚起了床，看看时间，已经不早了。对着镜子，他拍了拍自己的脸，把肌肉拍得松弛一些，这是他以前就用过的方法，在经历极其恶劣的心境，还得出门见客的时候，他需要一张放松而愉快的脸。

他带着这样一张脸出了门，去找罗列法儿，在馆舍里和罗列法儿絮叨了半天，在罗列法儿的惊异和不解中，坚决地表达自己的意志，然后，将罗列法儿送上去往机场的汽车，挥手道别。罗列法儿拍了拍他的臂膀，兄弟，你不该开这样的玩笑！他像老外一样摊开两手，表示无可奈何，对不起，是的，抱歉，再见了。

送走了罗列法儿，马刚觉得心情轻松了些，阻挡在他面前的问题，一直压抑在他心头的乌云，因为昨晚的思考和今日的勇气，一扫而空了。一种力量悄悄地回来了。他踩在沙滩上，软绵绵的，就像生活在梦境里。一个无比干净的、新鲜的梦境。现在，他这颗心可以放下了，多少年缠绕在他身体周侧的藤葛都可以纷纷落地了。他想起了樊兵那日的不屑，他想，最终他会让樊兵刮目相看。他现在就想做这样一件事，一件让自己从困境中解脱的事。

心情好起来，他才感到肚子有些饿了。餐厅有一种特色烧烤，叫不出什么名称，洗净的芋头山药海鲜鸡肉龟肉咖喱虾等大杂烩，包在椰子树叶里，石板在地炉里烤热了，将这些大杂烩放到石板上，嗞嗞的声音和白色的气体串上来，带着椰子叶的清香。呵呵呵，马刚用叉子将烤熟的食物放进嘴里，大快朵颐。

吃完，回宾馆睡一觉，下午玩了水上飞机，身在天空之上，马尔代夫尽收眼底，白色的珍珠沙，别有风韵的水上屋，一座座被热带植物覆盖的海岛，马刚“啊啊”地大声欢叫，多少郁闷之气，因了这放肆的叫声一扫而空，他甚至笑了出来，两行灼热的眼泪喷涌而出。

八

回来已经是三天以后了，在熟悉的环境里，看着出租车窗外的行人、道路两岸鳞次栉比的暗褐色的高楼，马刚觉得有些恍惚。这是真实的决定吗？那个在马尔代夫的受伤的男人是真实的自己吗？马刚取下墨镜，窗外的天阴阴的，夹杂着淅淅沥沥的小雨，空调的冷风对着袒露的胸口，泛出稍许的凉意。

马刚从口袋里摸出手机，犹疑再三，还是拨通了电话。电话铃是一段轻音乐，德彪西的狂想曲，女儿应该是喜欢音乐的，和自己一样，身上流淌着他的血脉，长着和自己一样的喜欢艺术的眼睛和耳朵。很长时间，没有人接。马刚又打了一遍，过了很久，电话通了，是一个年轻男人的声音。

“喂，毛青不在，我是她爱人。您是？”

“……”

马刚抿了抿嘴唇，一时不知道如何启口。

“请问，您是？”

“你叫什么？怎么称呼你？我是……毛青的爸爸……亲生父亲。”

“哦，亲生父亲？对不起，没听毛青说过。这样吧，等毛青回来，我问问她。我会跟她说的。”年轻人一边挂电话，一边还带着个感叹式的疑问：“呃，这到底是怎么回事啊？”马刚这头听了，就跟料想的一样，倒也没再感到吃惊和难受。

马刚重新又拨了一遍电话，那人又接了。

“您这是？”

“我是你丈人，打电话要我先挂，你才能挂。我的话还没说完。我有个拍卖会，如果毛青和你有兴趣，就来参加一下。”

“哦，是什么时候？”

“时间还未定。有兴趣的话我到时候会通知的。你先问问毛青有没有兴趣来，我邀请你们都来。”

“哦，好。我会跟毛青说的。”

“那好，等你们的电话。我挂了。”马刚挂了电话，深深地呼出了一口气。

“现在的年轻人，就是不懂事呀！这样和丈人老头讲话！”司机也在前面咕哝了一句。

在家里闲躺了一天，理了理头绪，早晨起来，马刚就出门了，去拍卖行，商量拍卖会的事宜。“是的，东西多了，万一有个三长两短，也不好处理，还是趁跑得动，早点处理掉。”“是的，所有，全部，每一件都处理干净。”他坐在拍卖行大玻璃橱窗内的一把明式官帽椅上，拿左手抱着搁起的右脚，身体前倾着，跟拍卖行的李掌事说。李掌事点了点头，表示理解。

“什么时间合适呢？”李掌事手指捏着盖碗茶的纽帽，拿盖子轻轻地敲着碗边，若有所思。

“秋天。十月下旬，或者十一月上旬。天气凉快，一年也快忙到头了，大家也有空闲了。”马刚抡起左手，很坚决的样子。

“好。”两人站起来，李掌事意味深长地拍了拍马刚的肩，看着他走出橱窗，马刚稍显发福的身体的后背看上去有些颓唐，李掌事看着这个颓唐男人的后背，凝视良久。

因为有了重大的事要做，马刚又忙碌起来了。有人跟伍德夫说，马刚在忙一场拍卖，伍德夫都有点不大相信。老马这是折腾什么，我给的钱不够花吗？伍德夫很快一个电话挂过去探听虚实，马刚接了电话，只是呵呵地笑，笑完了，用柔软而又坚决的语气说，他要退出江湖了，最后拍一场。“这一次，是真拍，不会再有人砸场子了！”临了，他如释重负地添了一句。

消息就像长了脚，不胫而走。一个曾经砸过场子的人表示要重新来过，再一次地展示给大家看，而且听说是江湖之退最后一拍，看新鲜的大有人在，马刚重新又活在圈子里朋友们的嘴上了，马刚又复苏了。

租场地、场馆设计、展品布置、日期的商定、邀请帖的准备、广告的投放。沉香木邵总没来提走，马刚雇车运到浙江东阳，请最好的黄杨雕工，雕成一尊弥勒大佛；已经开采出来的水晶石运到云南进行首饰和艺术品加工；未开采的晶矿叫停，整个开采权纳入拍卖标的物。这些都是细致而紧张的工作，马刚给予雕工和首饰加工工人的期限是一个月，对方满口答应。有两个月的时间做准备，马刚觉得自己可以不急不躁，现在关键的是安全，展品不能被盗走，吸取以前的教训，现在，仓库每天二十四小时有人看守，伍德夫也派了得力的保安，虽然，他不怎么理解马刚此次的行动，但是，马刚铁了心要搞这最后一拍，他也只能帮助支持，谁让他们是兄弟般的交情呢！

马刚的收藏实在丰富，字画五十多卷，石头两百多枚，加上玉器、瓷器、木器等等，五花八门，有的人说马刚实在是见识广博的收藏家，有的说马刚实在是门外汉，杂而不精，对这些议论，马刚现在都搁置到一边，他要全力以赴地准备，要努力把所有的收藏都拍出去！有人看到马刚居然藏着这么多的好东西，建议他自己开个博物馆，马刚淡淡地笑，反问人家，到哪里去找地呢，找来的地又能拥有多少年呢？是啊，这些都太沉重了，太负赘了。马刚现在希望的是一无所有，所有的东西都找个好归宿，就像嫁女儿一样。

女儿的电话还是过来了。在马刚忙忙碌碌的一个下午。女儿在电话里先是没吭声，接着是一阵抽泣，马刚从来没有面对过女儿的哭泣。伴随着哭泣的，还有一阵压抑的数落和哀求。

“马刚，算我求你，不要再来干涉我的生活了！你和妈那些陈年破事，对我有多大的伤害，你知道吗？现在，我总算有了自己的家庭了，请你们少来打搅我！我不想参加你那些什么拍卖会，你以后也不要打电话来了，没人欢迎你。我不想让丈夫觉得我们家特奇怪，特畸形。将来，也不想让孩子像我一样，有两个爸爸，两个外公。我只想清清静静地过自己的生活！”

一通歇斯底里的表白之后，电话就挂了。女人结了婚就是不一样。马刚觉得自己面对的仿佛是另一个毛丹红。一种深深的无聊感占据了马刚的心。都说现在的孩子不懂事，像自己这代人，哪有这样的语气跟父母说话的？血浓于水，孩子读了这么多年的书，怎么这样简单的道理都不懂？唉，人与人之间，如何是这般奇怪的关系？为什么亲情竟然如此冷落？他马刚，也不像一般的不讲道理的男人啊，如何混到这种程度，马刚真的要相信命运了。

不来了也好，眼不见为净。马刚微微地叹了口气，现在，他的全副精神都要回到拍卖会上去了。没了亲人的理解和支持，日子还得照常过。

随着广告的投放，拍卖会未见其人先闻其声了，电台也邀请马刚去做节目，他在节目里大谈收藏史和收藏观，他的收藏观听起来颇为潇洒：借我逍遥过十年。谁都不能真正拥有一件古董，它们是生命里的匆匆过客，不过留下一段互相欣赏、互相摩挲的时光。电台节目播放了，效果很好，全市都知道有这么一个收藏家了。马刚还上了电视台的鉴宝节目，在节目组里，他被列为专家，他这才发现，这些年的奔波实战，确实不是浪得虚名，每一样东西上来，他立即能分出个子丑寅卯，说出个甲乙丙丁。马刚觉得这才像他这个年纪的人应该做的事，应该拥有的荣誉和尊严。消逝已久的尊严感重新又回来了，他渐渐能找寻到从前的自己。

拍卖是个细致活。以前的拍卖会，他会叫上公司的人做助手，这一次，他全都自己干。最后一次了，每一个标签，他都自己贴，甚至摄影师需要光线的调节，怎样的射灯，他都一一亲自去买，打好下手，每一块展品布置需要的丝绒背景，他都亲自去挑选，请包装礼品厂根据自己的设想设计、制作，总之，事无巨细，事必躬亲。

画交到了马刚手里，伍德夫知道，但装作不知道。马刚总会给他一个交代。这是马刚能成为他兄弟的原因。马刚去了哪里，跟谁谈生意，他不过问。马刚总能把事情处理好。但是，马刚这最后一拍确实不在他能理解的预设范围之内，他还真替马刚隐隐地担忧。碰到马刚的时候，他一再犹犹豫豫地想开口，但是看看马刚那意气风发的姿态，他明白自己的担忧纯属多余。

到拍卖会快要开场前一周，马刚明显地有些紧张了。邀请帖送出去了，现在需要一个个电话确认是否会来，参加拍卖会的人都是有头有脸的人物，马刚还准备在现场留一卷熟绢，以方便来的人落下墨宝。最重要的，还是广告册页上的东西，一样样都好好地存在，不能有一点闪失。马刚现在每几个小时就要去仓库里看看。沉香木雕刻的弥勒佛、在云南加工的首饰艺术品都运回来了，一看到这个哈喇菩萨喜不自胜的样子，马刚就觉得吉利，觉得这一次的拍卖会一定会成功。

这一天终于来临了，马刚换上了长西服，里面是洁白的衬衫，打了领结，头发昨晚在最豪华的发艺工作室打理过，焗了油，漆黑晶亮。甚至，早晨起来，还涂了脸霜，看上去脑门油亮油亮的。他坐在贵宾接待室里，和到场的人聊天，语言活泼，风趣机智。迎宾小姐在门口迎客、导引，一切井井有条，忙而有序。

时过三刻，陆陆续续的，该到场的人基本都已经进入大厅落座。马刚出得门来，登台亮相，先致感谢辞，接着进入重点，首先登场的是字画，拍完后休息五分钟，接着拍石头，休息，接着拍玉器、木器等等，有条不紊。随着报价落槌声的响起，马刚浑厚的男中音回响在空中："五万一次，五万两次，五万三次，好，恭喜19号先生，这件东西现在是你的了！"

因为东西多，这场拍卖分三天才拍完，这在拍卖史上，也算得史无前例，何况是个人的展品拍卖会。此次拍卖为马刚赢得了巨大的声名。第一天下来，消息就从各个口子风传出去，遥远天地的收藏爱好者、业界精英都来赶场子了，有的抱怨没有得到消息，以至于自己喜欢的货色均已被拍走，因为人多拥挤，大厅里加了许多座位，举牌也增添了许多个，后两日拍出的东西价格越来越高，马刚兴奋得满脸通红。

这场拍卖会为马刚赚了个盆满钵满，但对于他来说，在乎的并不是钱，而是，重新找回了自己。他相信这最后一场拍卖会，以及他准备将要做的事，会使他成为拍卖界的一个传奇，留下一段佳话。他马刚现在除了钱，什么都没有了，他要的是这最后的句号，要的是这点声名，也不枉他做了大半生的收藏，这是对自己的交代，力所能及的最好的交代。

一场拍卖会，银行里的钱看看只是数字的概念了，马刚拿出一千万交给了伍德夫，五百万交给了那个人，现在，他手里只有这一件真古董了。他知道按照他个人的能力，很难收藏好。一个空气难得清新的早晨，他拎起皮箱，驾车出去，一拐三折，终于来到这个城市最好的博物馆前，毫不犹豫地走了进去。

报纸在一周后，刊发了这个消息。那张画的照片，又一次被刊登在头版，这家博物馆素日里非常牛逼的馆长说，捐赠的是业界一位知名人士，一再嘱咐不要把他的名字声张出去。报纸的第二版还有一个重要消息，那位新上任的领导被带走接受调查。

马刚看到这份报纸，已经在候机大厅贵宾室。离登机时间还有半小时，他拨通了伍德夫的电话，作了三言两语的交代，伍德夫心领神会。他向伍德夫道别。他告诉他，他要去的地方是非洲。他想好了，剩下的钱，来个环球旅行。再到人生地不熟的艰苦地方领养两个孩子，一个男孩，一个女孩。他将供他们上学、读书，教他们学习古董，他将亲耳听他们叫一声——“爸爸”，他将有下一代为他养老送终，他将不至于孤独地面对退休时光，他将有一些传奇的故事，可以讲给后人听。

拍卖师——方淳

根据一则新闻事件，少年犯杀了人，却并没有判刑，法律与人性的较量发生在简短的新闻里。小说再现了这一情境。冈山村发生了一桩凶杀案，村民徐永发复仇杀了关勇胜家四口人，因为他的三个孩子被留守离异家庭的少年关勇胜杀害……

发表于《作家》2020年第7期

水井深处的呻吟

一

冈山村回来已经多天了，当然，目前尚在过节，离上班还有两天，我的稿子，不着急赶。我呆在办公室里，从报社大楼二十四层的大玻璃窗望下去，整个城市都是密密挨挨的房子。记得有一年，写了一篇稿子，编辑取了一个很好听的标题：种菜的地方都“种”房子了！是啊，远远看下去，房子就像一株株庄稼一样整整齐齐，衬托出这片兴旺蓬勃的土地。远处，是不起眼的山丘，只小小的一点，苍翠着些生意。往右，毗连着一个宁静的湖泊。

徐永发的脸就在这时从楼底下虚空处冒了上来，就像一涌汩汩的暗褐色的清泉。他的脸变了形，就像电影院正在放映的美国大片里拥有超自然神力的魔兽被征服的一瞬间，只一会儿，这张脸就带着痛苦的表情烟消云逝。

这时，我听到一个呻吟的声音，在耳边，轻轻的，痛苦的，嗷嗷叫唤，声音时近时远，徘徊良久。那是徐永发的声音，也分明是我的声音。那个声音叫喊道，你不可以不死吗，你为什么非得死呢。

我抱着手臂，凝望窗外。

我想，这是个没有答案的问题。

我是除夕夜接到主任的电话的。那会儿，我刚抱着儿子从钱柜出来。钱柜是我们这座城市著名的K厅，有时电视台录制歌手选拔节目，也会邀请K厅老板。报社组织一些庆典活动，也会放在K厅。

这让人产生错觉，仿佛生活在全民麦霸的时代，仿佛K歌是城市生活不可缺少的一部分。

我们刚在钱柜边上的宝石城包厢吃完饭。为了迎接除夕，亲戚订了一张大桌，二十来号人围着桌子吃年夜饭。这种过岁的方法，不知为什么，竟常使我觉得倍感孤独和冷清。让我想起小时候和父母聚在家里的情景。那时餐桌边会有一个烧着煤炭的烤炉，家里是温暖的，人与人之间是有默契的。那时候，不需要K歌，不需要所有的亲戚都聚在一起，不需要人多嘈杂也感觉分外快乐。总之，那时候的家虽然简陋、朴素，但似乎更像家。

包厢里灯火通明，装饰考究，紫罗兰帘幕低垂，铜锔皮椅式样古典，空调的暖风熏得人晕乎乎的。亲戚总喜欢订这样的高档餐厅，仿佛不在如此华丽的环境里吃饭过节，就跟不上时代似的。这当口，我希望和先生、孩子一起出去旅行，甚至，我希望单独出门，以离开这种人头密布的环境。虽然，和亲戚们一年也见不上几面，但似乎确实没有多少日思夜想的想念促使我们一定要见个面。当从钱柜走出来的那一刻，这种感觉更分明了。每个人都贡献了歌喉，为了助兴，我唱了好几首。

可是，我一点也不快乐。

多年了，再也找不到想要的除夕，找不到烧着焦炭的煤炉，找不到煤炉上嘟嘟炖着的土豆和肉，找不到钻进鼻子的煤炭固有的淡淡烟味了。我不知道时代飞速发展意味着什么，是否就意味着要飞速地告别过去的自己，飞速地迎接一种一时不能适应或永远无法适应的崭新，飞速地奔向没有穷尽的未来。那种用十年赶超人家一百年的骄傲。哦，我宁可不拥有这种骄傲。

看了一眼身边的郝先生，我眼泪都要下来了。然而，我并不知道要冲向哪里。回家，家里也是簇簇新的。郝先生好不容易凑钱付了首期，又花了不少钱装修一新，款式和风格也是我自己挑选的，我连叹气的理由都没有，更别说感伤和抱怨。东南亚。我记得当时这样跟他说。东南亚风格在我们朋友圈子里一度很流行，我希望在家也能享受到巴厘岛度假的感觉。所以，家里没有煤饼炉。可恨的是，再也找不到煤饼炉了，满大街都找不到了。为了这一点，我真想找个角落蹲下来哭泣。哭泣的理由可以有很多，为一个逝去的煤饼炉而哭泣，这似乎不是能让郝先生理解的理由。于是，我一边走在街上，一边和儿子大宝对话，一边在心中怀念往事。

手机就是这时候响起的。郝先生帮我从包里掏出来，打开，贴近我的耳朵。一听到主任的声音，我那些没来由的伤感情绪突然烟消云散，全副精神进入一级备战状态。好。好。没问题。我对着手机说。

主任的意思是，大伙儿都回老家了，只我是本地人，准备准备上路，去冈山村走一趟！那儿刚发生了一件凶杀案。

除夕夜的凶杀案，让我稍稍有些震惊。不过，从事记者工作许多年，见怪不怪，只是，很少有凶杀案发生在除夕之夜。看来，像我一样在除夕也找不到快乐的人有许多。家人相聚，平日里隐藏起来的仇恨突然爆发，硝烟密布，亲人之间的厮杀于是定格成永久的追忆。

冈山村，诗意的下着雪的村庄，冷色调的蓝黑色的凶杀案。我的脑袋里出现蓝白黑的布景。

我将拥有一个不一样的新年。我吸了吸清冷的空气，突然感到快活起来。

从家里出发，驱车前往。离开城，上高速，狂飙四小时，终于到达安宁县城。马路边的餐饮店都关门了，县城与省城一样，人去楼空。这就是我们的时代，人口就像潮汐，朝着金钱和权力集中的方向涌动，人来人往，潮起潮落。此刻，退潮的县城，看上去就像一座荒凉的被舍弃的岛屿。

我无意识地摊开手机，打开淘宝，然后，愣了一会儿，冲着手机傻笑了。平时，不用带钱包，不用上商店，所有的生活用品，只需要在手机上指指点点就能搞定。那些不知道从哪里冒出来的快递工人，与以前商店里的营业员一点都不一样，却能把货物准确无误地交到你手里。你能够一个月不见父母一面，却不能一个星期见不到一眼快递工人，什么时候，他们就成了你生命里很重要的人，比亲戚邻居还重要的人。

可是，此刻，我拿着手机也没用。退潮的时候，你再也听不到潮水漫上来的声音，听不到那个水分子一般的快递工人叮叮咚咚的爽朗的声音。我将车沿着街道缓慢移动，眼睛朝两面扫射，就是看不到一家敞开的店面。一家也没有。这意味着，我将饿着肚子到达冈山村。大年初一，我竟然饿着肚子工作。想到这一点，我觉得新鲜而轻松。已经多少年，从未体验过饥饿的感觉了。饱食终日，忙忙碌碌，就是我最常有的状态。

此刻，我饥肠辘辘，然而，精神抖擞。离开县城，驶上国道公路，一边是沉默而青翠的山峦，一边是荒芜而连绵的田野。

我开始猜测这场凶杀案来，是外出打工的丈夫发现了在家偷情的妻子，或者，在外有了相好的丈夫回家要跟妻子离婚。情杀是当今乡村凶杀案发生的较多的原由。耕读传家，四世同堂的乡村传统已经凋零殆尽，我们再也难以找到纯粹的乡村，有着农业文明的传统的村庄。

我的眼前呈现出凶杀者狰狞的面目来。但我知道，没有人是天生的凶手，作为一个成年人，杀人一定有被逼无奈的动机。而我，作为一个记者，写稿子的目的，并不在于宣传冈山村发生了凶杀案，而在于探索凶杀案发生的内在原因，教育世人，引以为戒，以减少此类凶杀事故的发生，促进社会的安定和谐。

下午两点多，我的车驶进了冈山镇派出所大院。

刑警老蒋已经等候我多时了。

二

老蒋四十五岁，干刑警工作二十多年了，因为老婆讨在镇上，所以，一辈子都呆在冈山镇。

我不去县城，镇上多好，人少，清静，空气好，乡里乡亲的都认识，都当我是个人物，我喜欢。

老蒋拖过一张椅子，让我坐下，自我介绍。他的语气带着乡音，说起话来，舌头抵着牙齿，沙沙沙的。虽然不事修饰，模样自然粗糙，制服边角有两三个烟灰掉落留下的小洞，但看他的精气神，大约在这一带算得上体面人物，因此，很有几分得意威严的劲儿在里头，从他盯着你说话，不时往一边斜起的嘴角，以及飞扬的眉毛可以知道。

徐永发，我知道，他准保会出事。这凶杀案迟早得来。

老蒋还没开始介绍案情，就冒出这么一句。

过程你知道了吧，他杀了人家一家四口，然后自杀。就是这么简单的案情，一点也不复杂。

他将两手抱在保温杯上，瞪着眼睛，扬动了一下右边的眉毛，一副见怪不怪，经验十足的神色。

这样吧，我带你去看尸体。

他从柜子里掏出蓝色口罩，又显得有些迟疑。

你，一个女同志，不会害怕吧？

他皱起嘴角的皮肤，笑了笑。

你是跑公安线的，应该不会……

他又笑了笑。这是纯真明朗的笑容，很生活化的不假雕饰的本真的笑容。因为这个笑容，我难以想象在这个山村的一角的天空，也隐匿和充溢着挥之不去的阴郁与暴戾。

我想，看过尸体也好，会有直观的印象。稿子写得生动，是需要大量细节的。

我跟着他一脚跨出办公室。

走廊里光线阴暗，两壁涂着一米多高的蓝色墙漆，壁上布满了灰尘，像熔岩的痕迹一样，一圈一圈分布在空中白色的墙壁上。大铁帽似的灯罩，生锈了，孤独地悬在空中，下面是拖着绒线一般蛛网的傻愣愣的灯泡。我一边打量走廊，一边看着前面行走的老蒋，竟像恍惚间掉落在时光隧道里，一下回到了八十年代的童年，心里升腾起一种莫名奇妙的亲近与欣喜。

真可耻。我偷偷地想，为我的欣喜抱歉。

我想，人和人之间，是多么的隔膜与孤独。他，这个叫徐永发的男人，怀着巨大的愤恨与无法驱遣的悲伤，杀了人，又自杀了，他经历了多大的恐惧与反恐惧。而我，一个偶然的机遇，命运让我走近他，了解他，进入他的内心世界，我却对此无动于衷地欣喜，就像小时候在动物园观看猴子之间的厮杀一样。

我怎么可以这样冷漠。我偷偷地想。

穿过走廊，外面是几株并不茂盛的桂花树，江南的冬天，树叶依然苍翠，树上停落着昨晚下的雪，白得有些刺眼。连接另一幢楼房的空地上，有些来来去去的脚印，雪经过大半天稀薄阳光的照耀，已经消融得差不多了。

我哈了一口气，看到鼻尖前面冒出的热气。

顷刻之间，这个世上丧失了五条鲜活的生命。人的生命如此脆弱。

看着鼻尖的气息，我为死与活这样最基本的命题感到困惑。我即刻要看到失去生命的人，作为物的形式而存在的人。我们大家都会有那么一天，这样的日子清晰可数。想到这一点，关于生命所有的浪漫而理想的想象，都会即刻褪去。

生命，是现实的。你的鼻尖能冒出气体，就是活着，不能，就是死了。就这样简单。

这样想着，我不由叹了口气。

法医已经验过了，等着县城殡仪馆拉走。

老蒋一边开门一边说。

老蒋打开沉重的大铁门，里面是十多平米的密封的房间，孤零零的只放着一张办公桌，一张办公椅，和一个文件柜，空气冷冷清清，闻不着人气，平时少有人进来。老蒋从文件柜抽屉里掏出一串钥匙，打开了右边的玻璃偏门。

一大张桌子上，横陈着三具尸体。另一张桌子上，横陈着两具。裹尸布白得如同窗外的雪，只是没有光泽，是生命的华光消逝后的暗淡的虚无的白。

你看看面貌和伤口。老蒋的声音躲在蓝色口罩后面，瓮声瓮气的。

我就这样看到了徐永发。

老蒋将罩着脸的裹尸布掀起的一刻，我的耳朵里飘过一个嗷嗷叫唤的痛苦的声音，之后是呻吟。我看到一张虚化的扭曲的变形的脸，仿佛倒映在水中的漩涡里。那个声音像空中孤独的风铃一样飘过耳际，它在说，为什么我要死，为什么，为什么我非死不可，为什么。

仔细看，徐永发是个英俊的男人。老蒋说，他才三十三岁。粗大的一字眉，高耸的鼻子，棱角分明的唇线，凹凸有致的脸庞，即使死了，也能感觉到眉宇之间曾经填满的英气。一米七五的个头，老蒋说，可惜了，这样魁梧的身形在这一带南方乡下并不多见。

另一具，关勇胜，十六岁，还是个少年，尚未长足，一米七的样子。他闭着眼睛，所有的表情都消退了，露出少年固有的天真气息。本该拔节生长的年龄，本该如春雨后的毛竹发出快活的生命增高的年龄，本该脸上荡漾着清风一般的笑容的年龄，他却躺在这里，面目模糊，我看不到他的眼睛长什么样，看不到他眼睛里曾经流露的邪恶与无知，看不到他最后一刻面临的恐惧，看不到他曾经挣扎求生过的欲望的痕迹……

关勇胜的父亲关长青，四十岁的壮年，身形并不高大，一米六五的个头，他的嘴角紧闭，欲说还休。他是一个城市打工者的形象，此刻，他的脸因为失去了光泽和色彩，显得更加黑沉沉的了，仿佛老了十岁，就像一块乌黑的焦炭，生命冷却，光芒消逝了，有一种骤然而聚的冷。

关勇胜的爷爷关老汉，七十岁了，头发苍白，脸色枯黄，三羊胡子翘起在嘴唇下方，眼睛竟然睁开着，没有闭上，死不瞑目的样子，即使死了，也掩饰不了满腔的愤恨。

关勇胜的奶奶关老太，六十五岁，佝偻着身体，侧卧着，看不清楚脸部的表情，她的背朝向我，像隆起的山丘，仿佛藏匿着满腹的无奈和悲伤。

都是枪伤，关勇胜伤口在脑袋上，胸口又补了一枪。关长青中了两枪，一枪在胸口，一枪在腿上。关老汉和关老太的枪伤都在背部。

是蓄谋已久的屠杀。

枪枪致命。

只有徐永发的伤口在太阳穴，那里破了一个窟窿，周围一圈的肉炸裂了，像一朵采摘下来很久的暗褐色的太阳花。

三

派出所连一个招待所也没有，冈山镇只有两个旅馆，大过年的，有三三两两的旅客，是外地来冈山拜年，与冈山有着千丝万缕联系的人。

很少有饭店还开着，派出所的食堂也关了。老蒋替我安排了住宿的房间，说，一起吃中饭去。

坐所里的摩托车太冷，我让他上车，他执意不肯，说习惯了，由他在前面带路。他裹了军用棉大衣，看上去，并不像一个保安，职业的训练使他成为一个万变不离其宗的警察。是的，无论从侧面看，正面看，背后看，仰着看，觑着看，他都是一个警察。

他带我上他家去。

大过年的，你跑出来也不容易，上我家吃个年饭。走。

他挥着手。

我于是跟上他。

他的家离镇上不远，开车只需要十分钟。

在一条蜿蜒着的通向山道的水泥路边上，他停了下来，示意我将车停在口子上，就站着等我。我熄了火，跟随他向前走，朝左拐个弯，有个大铁门。铁门上有一扇小门，他打开门，走了进去。

这是一幢四层的楼房，中间是门厅，门厅上方是挑出的西式的阳台，一根根珐琅柱竖立着，在乡村背景下，显得有些不伦不类。但是，老蒋显然好客，他大约喜欢他家的建筑，为这幢楼房感到自豪，在他眼里，这样的珐琅柱很是豪华气派吧！

你看看，在这里，我可以住这样的大房子，到城里，怎么住得习惯。

他很有归宿感地说道。

我们从侧面的旋转楼梯进入他家，泛着金属光泽的铜色大门上，有着花样繁复的浮雕，晶光灿烂。打开门，里面是光滑的白色大理石地面，右侧的茶几上，置放着四十二寸的电视机，对面排列着一组舒适豪华的真皮沙发。一支式样古典、模型巨大的宫廷灯悬挂下来，茶几上放着几个课本和两三支笔。

老蒋的妻子从正厅一侧的厨房迎了出来。她养着长发，烫着波浪，扎成一个松垮垮的马尾，脸上抹着粉，甚至涂了一点口红，并不像一个村妇，虽然仔细看，脸上、手上的皮肤仍然有从事农业劳动留下的痕迹。

我理解老蒋不愿去县城的原因了。这妻子应该算得方圆一带长得标致的美妇。老蒋有这么一个温馨的家，自然就不舍得离开了。

妻子将做好的饭菜陆陆续续从厨房里端出来，放在正厅的旋转餐桌上。恍惚之间，我又回到了昨晚的包厢。虽然，各种发着光的东西乱搭在一起而显得乡气中拼力奋争出豪华，但在乡村人的眼中，这也许已达到豪华的极致吧。老蒋和妻子也许正享受着村庄人的艳羡，因而总是不经意间流露出一种骄傲自豪的表情。

孩子拜年去了。家里就老蒋夫妻和两个老人。我们坐下来吃饭，边吃边聊。

徐永发是什么人，他家的人也能碰吗，关家生了这样的孩子，真是丧门星。

老蒋的父亲是个老农民，他嘟嘟囔囔说道。

他们夫妻离婚，爸爸又在城里打工，孩子丢在爷爷奶奶身边，没人教吧，否则也不会傻到为了偷几块钱去杀人。妻子回应。

什么事情都是讲报应的。老蒋的母亲瘪着嘴说。

国家的法律也不对，杀了三个人都不偿命，怎么让徐永发咽得下这口气！老蒋的父亲又嘟囔着说。

所以，我说，这个凶杀案是迟早要发生的。徐永发从法院里回来，铁青着一张脸，我就知道了。老蒋再次证明他的预测。

饭桌上，老蒋详细地介绍了这件事的来龙去脉。三年前，关勇胜还是十三岁的少年，暑假呆在家里无所事事，去徐永发家中偷钱，没偷着，将三个孩子骗到瓜棚，盘问钱放哪儿，又怕事情泄露，遭大人打，就把三个孩子杀死在瓜棚。关勇胜不到十四岁，不承担刑事责任，法院只判了收容教养三年。徐永发不服。三年后，关勇胜教养回家，徐永发杀了关家四口。徐永发常说，万事要讲公平，一命抵一命。

一边扒拉着饭，一边听他们的叙述，我的脑子里迅速地整理稿子的结构与思路。这个案件集中的焦点就是徐永发对法院的判决不服。一个少年，杀了三口人，却只判收容教养三年。徐永发认为判得太轻了。如果关勇胜被判了死刑，也许就不会发生后面的凶杀案。或者，关勇胜被判无期徒刑，终生在监狱中服役，那么关家也能躲过这一劫。这个案件的核心在于法律与人性的较量。徐永发显然对法律感到失望，走上了自我了断的道路。他的行为是对法律的一种抗争。

从一个受害者，到一个抗争者，徐永发的内心到底走过了怎样的路程呢？

我的脑海里浮现出徐永发那张虚化而变形的脸，如汩汩涌动的泉水中的倒影。这个英俊的三十三岁的壮汉，本来，他可以拥有幸福美满的生活。他的人生突然被一个无知而狠毒的少年给搅乱了。由着这种被搅乱的事态的延续，就像被推到了一个黑洞边上，所有的关于人生美好的可能事物，突然之间，就被吸附到黑洞中去了。

命运常常由许多偶然确定。那么，徐永发可以不报仇吗。对于法院的判决，他为什么不可以被动接受。假如他有定力画定自己的人生格局，而不至于受偶然事件太多的冲击，不因此被拉扯进一种无边无际的黑暗，那么，他现在就该好好地活着，正在和家人享受着一顿温暖的年饭。

你是城里来的记者，你倒说说看，徐永发杀得对不对。

我正思索间，老蒋的父亲给我拣了一块肉递过来，他一副认真的神态，对着我，等着我回答。

杀人总是不对的吧！我淡淡地说。

哼。老蒋的父亲眼神凌厉而又不屑地挖了我一眼，对我的回答显然不满意。

你家里的人被人杀了，你不生气吗。你爸妈被人杀了，你不报仇吗。

这个……对于这样的假设，我确实缺乏经验。

厅堂大而空旷，饭桌上的菜热腾腾的，而我因为听着老蒋的叙述而滑入黑暗冰冷的心理世界，竟然觉得后背有些冷，脚也渐渐冻住了。

徐永发，是条汉子。

老蒋虽然是个警察，居然也说出了这样一句话。

我有些愕然地看了他一眼，正好对上他妻子的眼神。我发现妻子正用崇拜敬仰的眼神看着他。

男人，是用来做什么的。家里人都保护不好，还能叫男人么。

老蒋咪了一口小酒，淡淡地说道。

你问问我老婆，为什么嫁给我。

我于是看着他妻子，拿疑问的眼睛看着她。

我老婆年轻时候是戏班子里的，长得漂亮，追的人很多。老蒋骄傲地说道。

是很漂亮，现在也能看得出。我恭维道。

那个时候，演戏嘛，就有人叫我去唱，完了不干不净地动手脚，还是镇上的，我就想，嫁个警察就没人敢了。

妻子笑眯眯的，显然对这段婚姻很满意。

那是，谁敢动我的老婆，我的枪可不长眼。

老蒋呷了一口，得意地说。

四

吃过饭，我打算去徐永发家看看。

徐永发家就在村道边上，一条三米多宽的水泥通道，横亘在村庄中间，把村庄分成南北两部分，徐永发家就在村道南面，位于村庄正中。这是一幢两层小楼，约摸五六年前造的吧，楼房表面贴着的白与玫瑰红相间的瓷片还是闪亮闪亮的。雪光映照下，泛着冷冷的光。

徐永发的妻子杨走妹带着孩子徐大毛在屋里，大年初一，并没有到亲戚家拜年。

看着我们从车上下来，杨走妹靠在门框上，也不迎出来，也没走进去。她沉着一张脸，一副以不变应万变的姿态。

中饭吃过了吧。老蒋主动与她搭腔。

吃过了。

这人走了，日子还得过，好好过。有什么难处跟村里提。

老蒋说这话就像村委干部。

女人这才进屋拿两条凳子出来，又倒了点瓜子，拿碟子盛了，放到中间的四方凳上。

没难处。杀了该杀的，总算了了一件心事。村里照顾着呢！

杨走妹的个头一米六光景，不高也不矮，脸色有些蜡黄，头发有些干枯，三十岁，额头上已经有些皱纹。

永发是条汉子。老蒋夸赞道。

村里人谁都这样说。徐家的娃哪里是好白死的。

杨走妹的口气甚是铿锵，话掉到地上都能听见响声似的。

反正，大毛有了。二十年后，徐家的门户又能立起来了。

老蒋看了一眼门框里站着的大毛说。

是的，是的。永发也是这样说的。

杨走妹表情坚毅，一点都看不出哀伤。

这女人不容易，先是死了三个孩子，现在又死了丈夫，居然看不出哀矜之色。现在，她俨然是个胜利者，在接待仰慕而来的客人，仿佛我们去探望的不是杀人犯，而是烈士。现在，她就是那个光荣烈士的家属。

大毛爸爸不可以不死吗。他非得把人杀了吗。

我坐在长条凳上，纳闷地问她。

如果他现在没死，你们一家过年团团圆圆的，不是很好吗。

我笑了笑，问她。我知道这个问题很残酷。

杨走妹的脸上立即像老蒋父亲那样换成了一种鄙夷的表情。

你这个城里来的妹哎，你生过娃没有，你想想看，我三个娃都死了，这些年，我哪个年过得像年，要不是永发拦着我，要不是想再生个娃把徐家的门户立起来，我连死的心都有，三个娃都死了，我这个妈不跟着去，娃们在西下受苦，我在阳世享福，我这个妈是用来做啥的。

杨走妹用巴掌边拍着大腿边说，语气格外坚定。

我算是弄明白了。这个冈山村，大概是山脉相连，地处偏僻的缘故，这里的人身上都有一种难以言说的硬气。他们活着都有分明的做人原则，女人活着是为了生娃，支撑男人家的门户，倘若娃有了闪失，女人便没了活下去的理由。男人活着，则是为了保卫家庭，倘若家里人受了伤害而男人却不能给家人一个交代，他就没有存在下去的理由。

因此，徐永发的死就是理所当然。

大毛，过来。老蒋朝门里叫唤大毛。大毛却有些瑟瑟缩缩地迟疑着。这个孩子，并不知道自己活着的作用。他才两岁，走起路来，还是摇摇晃晃的，却突然失去了父亲。如果说，他的那三个哥哥姐姐遇上关勇胜是命运的偶然，那么，他生出来后丧失父亲，就是命运的必然。

听他们的聊天，我才知道杨走妹生下大毛也很不容易。因为生完三个孩子后，杨走妹就去结了扎，为了生大毛，她只好去动了输卵管放开的手术。

是的。现在，杨走妹把自己该尽到的责任都完成了，娃生下来了，又是一个男孩，她的责任，就是把大毛安全地带大，让徐家有继承的后人。而这个时候，关勇胜结束教养回来了，可谓万事具备，只欠东风。就看徐永发是不是个血性的男人了。

于是，徐永发只好带上枪杆出发。

这种遭天杀的人家，生出这种畜生，只会生，不会养，徐永发不去收拾，谁收拾。杀了三个都不偿命，这国家的法律也变得只会向着坏人，这坏人就还会坏下去。今天杀了我们家，明天就轮到你们家。你想想，杀了三个都没死，这不是壮了他的胆了嘛，他还好再杀呀。我家徐永发哪里是为三个孩子，他这是替全村报仇。这种畜生不把他灭了，对大家都是祸害。牢里放出来，找不到工作，没钱了，还不照样骗，照样抢，照样偷，偷东家，偷西家，再杀东家，杀西家。徐永发这是为民除害。

杨走妹呱嗒着两瓣嘴唇，噼答噼答的，甚为解恨，甚为欢快的样子，像炮仗咚咚咚地放着。

怪不得我总感觉，是见到了烈士的家属。原来，徐永发这个制造灭门惨案的杀人犯，在冈山村，竟然成了为民除害的英雄。

生出这种畜生，这种畜生，杀人是那样的杀法。

杨走妹骂骂咧咧的，又进去端茶水。

看我有些愕然，老蒋说起三年前的那桩杀人往事来。

五

三年前那天晚上，鸟叔家新屋落成，老蒋和徐永发都在鸟叔家吃饭。

天色暗下来了，鸟叔家灯火通明。贴灰色马赛克的四层楼房才刚落成，从外面看上去，端庄、气派、沉稳、华贵，实足给鸟叔长了脸面。

今儿庆功宴，鸟叔召集镇上的兄弟、几个工人和同村的朋友喝酒，吃饭，庆祝一下，体验一把成功人士的快活。屋内还没有装修，鸟叔拉了几根电线，挂着明晃晃的一朵朵黄花似的大灯泡，就在水泥厅堂中间支了一张粗糙的木板大圆桌，十来个人落座。

鸟叔举着手里的玻璃杯走过来了，他敞着喉喊了一声永发，徐永发就站了起来。鸟叔说，永发，全村就算你有福，人家最多就俩孩子，你仨孩子，多福多贵！叔家的楼，一砖一瓦离不开你的好手艺！叔敬你，你把杯里的酒满上，我们干！

徐永发，年近三十，高个子，标准的壮汉，是个砖瓦匠，手艺好，接活快，这几年也赚了不少，人显得精神。他和鸟叔是叔表亲。徐永发正拍着鸟叔的肩要一饮而尽，斜眼瞥见鸟叔的杯子，一看只有半杯酒，不由懊恼起来，大声回敬鸟叔。

叔，你这耍皮了不是，诚心敬我，怎么能半杯酒！要敬就要满杯！

你就喝这一杯，叔还得敬一圈，意思意思就够了嘛，当真什么！

鸟叔不由讨饶了。

徐永发来了精神：那不行，我，徐永发，最讲究公平，我喝一杯，叔你也得满杯，不然就是心不诚，意不对，这酒，我就没法喝了。

说完，徐永发朝大伙儿看了一眼。

男人喝酒，图的是开心热闹，敬酒、斗酒都是酒桌上必须的步骤，认真不得。大伙儿也就起哄，等着鸟叔加酒，鸟叔则嚷嚷要徐永发先喝，徐永发则一定要鸟叔把酒满上，一个机灵鬼就拎着酒瓶过来了，趁鸟叔不注意，将酒倒进了杯里。鸟叔知道，这杯酒他逃脱不得，就假装不知道机灵鬼挨近了身边，乍一看，酒杯里满了，装作很吃惊，装作嗔怪机灵鬼。大家便起哄开机灵鬼的玩笑。

场面很欢快，很热闹。就在一片欢腾中，徐永发举起了杯子，大喝一声：大伙儿看着，给我做个证！举起酒杯，满口咕嘟咕嘟就下去了。大伙儿吼叫着，拍着桌子，一片叫好！

干完了酒，徐永发放下酒杯，向大伙儿亮了一个响指，大伙儿就看着鸟叔。鸟叔在众目睽睽之下，端起酒杯，一口一口地把酒闷了。徐永发看得兴奋，这时拍起掌来：叔，好样的！你一杯，我一杯，这才叫公平，才叫诚意！我，徐永发，在人世，就看重两个字：公平！

满屋子正欢快闹猛间，突然，门槛里跌进一个人影来，大伙儿一瞧，是徐永发的老婆杨走妹。徐永发不由发怒。

天都快夜了，不在家呆着，死过来干什么！

大伙儿一听这死字，虽然也是村里男人的寻常话，可这是鸟叔吉屋落地的日子，到底不合时宜，气氛就突然凉下来了。

鸟叔听着尴尬，出来打圆场。

表媳妇，这慌慌张张的，啥事儿，甭急，慢慢说。

杨走妹被丈夫喝了一声，胆子便变小了，满头急汗，喉咙里堵着声音。

娃不见了！

徐永发听了更是怒气冲冲，男人们正高兴的时候，女人进来败兴，这很让徐永发没面子，让人觉得他怎么娶了这么不懂事的老婆。

娃不见了，不会去找啊？

都找遍了……

杨走妹像是自己把孩子搞丢的，两手一直擦着衣角，像要把这责任撇干净似的。

没用鬼，娃都管不住，留你这婆娘什么用！

徐永发站起身来，一摇一晃，大大咧咧朝门口走去，嘴里嘟嘟囔囔发着牢骚。也是，一年干到头，这样欢快的日子并不多，徐永发正在兴头上，都叫这女人败了兴。

天很快黑了。徐永发骂骂咧咧到屋里装上手电筒，从村头喊到村尾，又从村尾喊到村头，没个响声。徐永发想，不对，娃小，一般不会出村，要不是去地里摘黄瓜了。村后山前有几块菜地，种了些蔬菜，走妹有时候发落大的姑娘去地里摘，两个小的也会跟去。徐永发就到地里喊。

山黑漆漆的，月亮上来了，照出圆弧般的影子。

大朵——，二朵——，小毛——，徐永发的声音响亮地穿过山野，空谷回荡着三个孩子的小名儿。徐永发在回音中仔细辨析，听不见孩子尖细的叫唤爸爸的声音。徐永发又在寂静中等待了一会儿，这寂静从来没有像此刻一样有力过，仿佛一把杀猪刀，正捋着徐永发的心，徐永发的心被捋起了一层毛。

徐永发揣着一颗发毛的心从菜地里退了出来，不知道往哪里去了。蓦地，又吹来一阵风似的，升腾里一线希望。

要不，去河边了。大朵大了，会捡鸭蛋了。按理说，天黑了会回来啊。不会滑下水了吧！

这样一想，心里叫了一声不好，转身朝河边冲过去。

杨走妹已经在河边了，走妹的声音带着哭腔。

小毛——，二朵——，大朵——。

小毛是男孩，年龄最小，才三岁，是徐家的根。二朵和大朵都是女孩，一个四岁，一个五岁。素日里，走妹最值钱小毛，母凭子贵嘛！

死女人！孩子都管不住！找不回来，你就去死！

徐永发喊了一通，没回音，心里又毛了起来，越毛就越躁，怒火冲上脑门，又骂开了。

晚上十一点十分，罗廷区冈山镇派出所老蒋已经从乌叔家回到家，富有经验的他想给徐永发拨个电话，果然徐永发的电话就过来了，三个孩子失踪了。

老蒋叫手下做好记录，报案人徐永发。

六

连夜，老蒋带人上门封锁了失踪现场。

第二天一早，警察上门提取脚印。春夏之交，雨水多，地面未干。在徐永发门口通向村道的路上，发现了歪歪斜斜的小脚印。乡道行人不多，这些脚印，还算清晰。警察发现，徐永发宅子出来的村道泥地上，除了徐永发和杨走妹的脚印，还有一个半大不大的脚印，二十二码。

有人来过。老蒋跟徐永发说。

谁。徐永发咬着牙齿问。

甭急，会查出来的。老蒋说。

沿着脚印的方向，老蒋带着同伴穿过村道，绕到了通向山野的羊肠小道上。不远处的瓜地里，树着一户人家堆着的瓜棚。瓜棚不大，外面都是西瓜地。碧油油的瓜藤覆盖着一片坡地，风吹过，一浪一浪的，吹得徐永发的心都冷了。徐永发站在瓜地一边，两眼发直地盯着瓜棚看，眼里似乎要渗出血来。

杨走妹已经预感到什么，不知从哪里狂奔过来，呼天抢地地往瓜棚跑。全村人都朝这边涌着看，被警察用绳子拦住了。

全村都知道徐家出事了，出大事了！

瓜棚及周边地带很快被封锁了起来。三个孩子被抬出来了。徐永发心里怀着的最后一丝侥幸都被剥夺了。

抬出来的是尸体。虽然外面已经罩上了尸体袋，仍然能从被抬着的体型觉察出来：三个孩子死了，一个活的，都不剩。

案子比较简单，瓜棚里有四个脚印，那个二十二码的脚印仍然在。那个脚印是唯一走出瓜棚的。

警察沿着脚印，一直朝前找，脚印通向村尾。村尾有几幢房子，集中在一起，与村庄离开一段距离，是前些年从山上搬迁下来的农户。他们虽然离冈山村不远，却与原著居民没有往来。他们是冈山村的陌生人。

警察一直找到了二十二码鞋走进去的人家，一个六十来岁的老太诧异地看着警察，老蒋进了房门，从楼顶床底下揪出一个孩子，脱下他脚上的鞋。

你们干嘛抢我的鞋！还给我！

孩子耍起泼来，孩子咬了老蒋的手臂。老蒋拿出手铐将他铐了。

老蒋走出大门一抬头，看到徐永发站在高高的水泥路上，望着路面下的这户人家，看着孩子被拖出来，他的目光像刀锋滑过孩子的脸，留下了深深的刻痕。

冈山镇派出所的大门朝着街面，冈字里的叉叉少了下面的一笔，落了一块。

验尸室，老蒋把尸体袋打开，杨走妹只看了一眼，就晕了过去。徐永发盯着三个孩子。小毛的心窝子就戳了一刀，刀子并不大，但足可以要一个三岁孩子的命。二朵的脖子被割掉了。大朵的后脑被砸烂，眼睛也戳瞎了。

手法歹毒，残忍，暴戾，令人发指。

男孩叫关勇胜，十三岁，两年前跟随父母从高山村迁居而来。父亲关长青，在省城五金厂做钣金工。母亲王珠明在省城制衣厂做缝纫工。夫妻离异。王珠明成家另育有一子。关勇胜跟着爷爷奶奶留守冈山村。关勇胜刚念初一，成绩差，经常和高年级混混聚在一起，玩游戏，打架斗殴，勒索小学生，品德恶劣。

干嘛杀他们？警察问关勇胜。老蒋在边上听着。

怕他们回家跟大人说。

关勇胜初生牛犊的样子，看着警察，并不害怕。

什么事跟大人说？

我偷他们家钱。

偷到了吗？

没。

没偷到你杀他们干嘛？

我想让他们告诉我钱藏在哪儿。

他们说了吗？

他们不知道。

不知道你干嘛杀他们？

他们会跟大人说。

你怕大人？

大人打起来很凶，很疼。

你偷钱干嘛？

没钱花了。

爸妈不寄给你吗？

爸爸寄，妈妈不寄。

经常偷吗？

和大哥向小朋友要。

爷爷奶奶喜欢你吗？

奶奶喜欢，爷爷不喜欢。

他会打你吗？

是的。

杀人要偿命，你知道吗？

知道。

七

要不是我劝着，徐永发当天就要砍死他们了！

等老蒋细细讲完这桩三年前的案件，杨走妹又接着絮叨起来。

我看了看表，已经下午两点了。阳光不知什么时候已经收了进去，天空显得有些阴翳。

据杨走妹讲，她现场晕了过去，被村民抬到家里，喝了点热水，才终于缓过来。孩子没了，她就关心老公。醒来，她就问徐永发怎样了。

徐永发派出所回来后，就端了一脸盆水，走到门前空地上，屁股在大石头上坐下，坐了很久。杨走妹怕他想不开，一直盯住他。他在大石头上抽了半包烟，烟抽完了，就在磨刀石上泼了点水，提起朴刀，刷刷刷磨起来。

杨走妹躺在床上，神思恍惚。耳朵里起了点声音，不甚分明。再听，觉得不对劲，赶紧从床上坐起来，脚遛下床去，鞋子都来不及套上，踉跄着奔出来，一把抱住徐永发的腿，叫喊起来。

永发，不要磨，不要磨，孩子已经没了，你不能再搭进去了！听我的话，跟我好好过，跟我好好过……

杨走妹呜咽不止。徐永发停下了手中的刀，呜呜地哭了出来。两人相拥，抱在一起。

徐永发朝天吼了一声：老子这是遭什么罪，老天要灭老子的人口啊，你还有天理没有——

在农村，女人不能生孩子，男人是不会要的。

杨走妹回忆起生这三个孩子的艰辛来。

杨走妹嫁到徐家，基本都在忙着生孩子。头胎是个女孩，徐永发没说什么。但是，杨走妹看得出来，老公心里不舒服。哥儿们几个，都生了男孩，只有徐永发生女孩，徐永发觉得在同伴面前抬不起头来。杨走妹就安慰他，头胎是女孩可以生两个，徐永发一听也对，比同伴们多一个孩子，到时候有男有女，多好。

大朵才一岁，走妹就抓紧怀孕，没想到生下来，又一女的。徐永发真生气了。生气也没办法，关键要找到办法。徐永发和镇上医院里的王医生搞关系，猪腿送了好几个，也没用。王医生说，超生，他不敢做鉴定，镇里计划生育办的三天两头来查。徐永发只好带着老婆出去躲了两年。

租住在郊区农民自建的水泥棚屋里，徐永发就做起了快递员，两年的工资除去开支，还剩两万块钱，东家借西家补，又凑了八万，交了罚款，这才有了小毛。

我的眼前浮现出徐永发的面庞来，我想象自己在家对着手机手指轻点，然后，徐永发洪亮的嗓音就响起在窗外。是的，虽然，每周我几乎都与快递员碰面，快递员几乎成了家人、同事之外，生活中最重要的人，但是，我从未真正走近过他们，从未深入地了解过他们的生活。

我想象着，也许，我曾经见过徐永发。我的那些快件，说不定就沾有徐永发的汗水。只是，我并不知道，这个年轻的父亲，热汗淋漓，只是为了筹集一个新生命到来的费用。我不知道，生一个儿子，对他们夫妻来说，是如此重要和艰难。

生完孩子，杨走妹像终于完成了徐家的大业，整个人都轻松起来了，也就松弛下来了。再也不用生孩子了，解放了。但是，两人毕竟还年轻，还有许多美好的滋味要品尝，杨走妹就去结了扎。村里也有男人去结扎的，结过扎的男人做事就没了雄风，变得疲疲沓沓的了。这种怂样是要被人小瞧的。杨走妹是爱惜男人的女人，她自己一声不吭去结了扎，是爱惜男人的表现。农村的女人，懂得爱惜男人，是会被人尊重的。徐永发知道走妹结了扎，嘴上没说什么，心里是觉得娶对了老婆的。

三个孩子没了后，杨走妹就担心结过扎生不出孩子了，那就妨碍人家了。杨走妹安顿好徐永发，收拾了包裹，流了一脸的泪，回娘家了。娘家人一听，这种时候离家，男人还以为遭抛弃了呢，又没了孩子，又没了老婆，一个男人哪里还能撑得住。杨走妹赶紧又回来看住徐永发。

过了几天，徐永发大病一场似的，挣扎起来，去问王医生。王医生说，没关系，不就是结扎吗，做个手术，三个月后就可以怀孕了。

杨走妹这才喘了一口气出来。她跟徐永发说，老天不会这样绝。

一年后，徐永发和杨走妹又有了孩子，男孩，叫大毛。杨走妹觉得又是毛啊毛的，不吉利，怕被哥哥姐姐带走。徐永发坚持称没事儿。

但是，徐永发看着大毛，总想着那仨孩子，也就总乐不起来。

事实上，徐永发也不能乐。徐永发的脸上不能出现笑容。徐永发一笑，村里人就说，这男人太没心没肺了，仨娃都死了，这么不明不白的，他还笑得出来。村里人不消说，只拿眼睛瞧瞧，徐永发就明白了。虽然事情过去了，徐永发孩子都有了，人家还是没能忘记徐家的惨剧，这仨孩子的死，就是徐家永远的阴影。不把仨孩子的事摆平了，徐永发就一辈子也难以走出阴影了。

也就是说，从那仨孩子死去的那一刻，事实就决定了徐永发的命运。冈山村难以容忍，难以接受苟且偷生的男人。

一天，杨走妹抱着大毛在门口，一个女人路过，停了下来，跟大毛逗趣。

大毛呀，还是大毛命大，有福气，哪像小毛，短命鬼，害人精呀，哦，笑一个。

村里，把早丧的孩子称作短命鬼、害人精，这是最寻常的话，杨走妹听了就变了脸色。徐永发正好在屋里，一耳朵听得清清楚楚，恨得牙痒痒的，又不能发作。

杨走妹除了做做饭，守着孩子，啥事也不干。孩子能走了，身上栓一条绳子，绳子上再系一根铃铛，另一头栓在门扣上。有时候，杨走妹拉着绳子，让孩子在门前走动，村里人看到就会说：啊呀，你们家带孩子也真好玩，这是遛狗哪！有时，又会添上一句，对，这样就不会让人带出去砍了。听得走妹的心尖儿一颤一颤的。

孩子渐渐大了，绳子也栓不住了，屋里也藏不住了，要往外跑往外走的时候了，徐永发和杨走妹只要有事出去，就把孩子锁家里。孩子就在家大闹天宫，玩累了，就拍门又哭又喊，吵着出去。村里人看到大毛，就会说，又把你关屋里了吧，你爸爸真窝囊。

大毛不知道为什么人家要说爸爸窝囊，回家问徐永发，窝囊是什么呀！徐永发立即火冒三丈，要在从前，他一定提一根棍子上门去跟人家理论，人家一看到他手里的棍子，就会把话咽下去。男人怎么着也不能把自己的威风灭了，不然怎么活啊？

一天，大毛在外面玩耍，不知怎么的，一群孩子围过来了。孩子们不知道是怎样吵起来的。领头的一巴掌就打在了大毛脸上，边上的孩子让他不要打，大毛爸爸很厉害的。那孩子居然说，我爸说了，他爸就是一虚彪样儿，实际是怂胚！大毛的哥哥小毛被人杀了，他爸屁都不敢放！于是，大毛落了一通打。

回家，大毛跟徐永发说，村里谁谁打他了。徐永发拎着一根木棍冲到了那户人家里。那女人叉着腰出来了。

到咱面前摆横啊，横什么横啊。下次要么不打，要打就杀了才好，杀了就不会这样横了。

徐永发一阵棍子下去。女人一叫嚷，男人从屋子里冲出来了，居然拿着刀，徐永发一看不对，赶紧逃回来了。

大毛从此就两样了，不再在爸面前撒娇，不再跟着爸前前后后的，看着爸的眼神起变化了，离着爸有距离了，也不太听爸的话了。徐永发叫他，他爱理不理的。

八

大概是路人相告，记者来徐家了，渐渐的也就围过来一些看热闹的人。

我算是听明白了，徐永发是死在村民的期望里。现在，徐永发真如村民所期望的，做了烈士，他们又是怎样的反应呢？

省里的记者都来了，永发死得值。

一个村民抱着两手，有些谄媚地对杨走妹说。

不管咋的，关家是断草除根了。这种作孽的人家，不得好死，死得应该。

村民又接着说。这就是乡村的逻辑。也许是绵亘已久的传统观念的逻辑。这种逻辑可以杀人，毁人于无形，人们却发现不了它的荒诞与可笑。它们的价值甚至超越了生命，成为指导人们观念行为的准绳。

一个身材发福的中年人从院子里走了进来。杨走妹亲切地叫他叔，这就是鸟叔。

杨走妹又从屋里拎出一张椅子，让鸟叔坐，给鸟叔泡了一杯茶。

徐永发一开始也没想把他们家全杀了，他来问过我，是不是废掉他的一双腿。我听了说不出什么意见，他就回去了。

鸟叔坐下后，就转过脸对我说。

他找你说这个想法是什么时候呢。关勇胜回来了吗。

这个想法让我觉得新奇，如果徐永发只是废掉关勇胜的一条腿，那么，现在，他至少还活着。

没回来。他说，关家那个畜生总是要回来的，回来了，咋办呢。他跑过来问我，这种事情，叫我怎么说。我说，你自己的事，自己决定。我也没想到是这样的结果。

永发的性子我是了解的，仨孩子都死了，他当爸的不能出口气，他就觉得这个爸是白做了。这三年，关勇胜被教养，关家父子都躲出去了，从没回来过年。家里就是两个老人。

我一直是安慰永发，差不多，你们家三个加起来十二岁，他家一个十三岁，差不多。我这个做叔的，除了这样安慰，能说什么呢？

关勇胜被带走了，父亲关长青居然没出现。家里只有关老汉。徐永发去关家门前的公路上看了好多次，腰里别一把朴刀，一天晃三回，也见不着当家的身影。有段时间，连老婆子的身影也见不着，都到外头避灾去了。这种时候，换了谁也不会回来，回来送死啊？

永发总是唠叨，这户人家只会生，不会教，生出这种祸害，老天都不能让他留着。我就说，人家没人教，杀人，你也跟着杀呀。这种天灾人祸，谁料得到。

鸟叔说了这么多，这是我听到的，最理性的一句话。关勇胜杀人，是年龄小，没人教的结果，徐永发为了报仇，跟着杀人，总是不应该的。

我不由看了看鸟叔，鸟叔长着一张宽厚的脸。

然而，鸟叔毕竟还是没能阻止得了徐永发。听鸟叔的叙述，随着关勇胜收容教养回家，两家的恩怨重新浮出水面。

要我是关长青，就不回来了。带着儿子远走高飞，反正现在都在外面打工，就在外面打一辈子工，回来干啥呢。所以，我讲，关家的人没脑子，就是没脑子。关家的人不回来，两家都相安无事。一回来，问题就出来了嘛！

年前，关长青带着关勇胜回来了。也许关长青想，徐永发已经有孩子了，应该能放过他们了。关老汉摸不动了，几年没回来了，总要回来看看的。村里人就先跑来跟徐永发说，那个杀人的回来了，个子蹿高很多了，现在是小伙子啦，你呀，再不报仇，杀不动他了。关勇胜在镇上超市买东西，好事的就来报信。永发提了朴刀出去，冲到超市大门一看，小子人高马大了。小子扫了一眼徐永发，竟一点都不怕。徐永发把刀柄捏出了汗，还是没举起来。小子走的时候，神气威武地撂了一句：国家是讲法律的，你要敢动我爸妈，我不怕再杀一次。

我知道永发心里难过，他说看到小子的时候，他就想到仨孩子，要是都在，也一定长很高了。这样，他越想就越睡不着，越想就越难过。他说，小子杀了人，收容教养了三年，但是一点都没教养好，不怕再杀一次，还讲这样的话。徐永发就觉得太便宜他了。

那怎么会灭户的呢，一家人全杀光，为何这样残忍。

永发肯定是这样想，杀了关长青，自己要抵命，两家结成了世仇，怕大毛再有个闪失，一家都杀光了，走妹带着大毛就可以安耽过日子了。反正算起来，徐家死了四个，关家也死了四个，一命抵一命嘛！最公平。永发就讲究公平。

是啊，据村民是说，徐永发讲究公平在全村是出了名的。也因此，向来没什么人敢欺负他。关勇胜回来后，徐永发走到哪里，都有人指点。仿佛大戏开场，锣鼓敲得喧天，就等着主角上场了。这时候，如果准备不到位，歇了场子，这主角就让大伙儿失望了，今后就甭再想唱戏了。按照乡下的规矩，有仇不报，那不叫男人。

九

我看，这个事情，还得怪国家的法律，哪有杀了三个人都不判死刑的。如果判个无期徒刑，也叫人透口气，那关勇胜就不会死，徐永发也不会死。鸟叔这样说。

国家的事情，哪里说得好。老蒋回应。

又一个钟点过去了。太阳仍旧躲着，风渐渐地大起来。杨走妹请我们进屋去，我们就进了徐家的屋子。屋里西厢放着一个火炉，里面堆着几块炭火，一闪一闪的。家具都是很简单的式样，半新不旧。水泥地面倒是干燥，墙壁上除了几个新屋造成时朋友送的镜框，也没什么。这是普通的村民，是过简单日子的人家。

徐永发以为，关勇胜是肯定要判死刑的。关勇胜逮去了，徐永发每天都去派出所走两趟，打听枪决关勇胜的日子。

老蒋叫他甭急，法院会判。

徐永发说，我相信公家，法院是最公平的地方。

徐永发一辈子没上过法院，检察院通知他已向法院提起公诉，他作为受害人家属可以提起刑事附带民事诉讼，他立即就去法院边上的律师事务所问了问。律师告诉他，关勇胜不到十四周岁，不承担刑事责任，判不了死刑。

他回来是这样说的，说找了城里的律师，这律师也不知怎么搞的，没本事把官司打赢，还要了不少钱。

要了多少？

听他说，五万吧！律师说，这桩案子的难度大，要多收费用。法院判决前一天，他老早起来就到车站去赶车。律师答应他，试试看，说不定能赢的。他回来把判决书给我看了，说是刑法第十七条：已满十六周岁的人犯罪，应当负刑事责任。已满十四周岁不满十六周岁的人犯罪，犯故意杀人、故意伤害致人重伤或死亡、强奸、抢劫、贩卖毒品、放火、爆炸、投毒罪的，应当负刑事责任。关勇胜十三周岁零八个岁，不满十四周岁，只判收容教养三年。徐永发想要关家赔偿三百万，也没满足，法院最后判定只是赔偿五十万，除去律师的费用，只剩四十来万。这叫永发怎么咽得下这口气。永发说，法庭上，他看到关长青偷偷舒了一口气，这口气让他一直气不顺。

永发本来想，有个三百万赔偿，就在镇上买一个铺，开家店，再生个孩子，和杨走妹继续把生活过下去。而今，拿到手只有四十来万，三个孩子没了，损人又破财，叫他怎么能顺。

白杀了。他一回来就在叹气。打那以后，永发的背都驼了起来，以前看着他都挺精神的，后来他的脑袋就总是垂到胸口了。人是不能遇上事的，一遇上事，几年不顺心，人就忽然老了。

我跟他说，法院判的，能怎样。没办法了。认命吧。他就一直垂着头，头都垂到了地上。没吭一声。后来就走了。

过年前，家里杀了一口猪。那个时候，我就知道恐怕要出事。但是，这么多年了，要来的事情终究会来的。杨走妹抱起了大毛，走过来，对着我说。

杀猪？

是啊，腊月二十四，过小年，每家每户都要杀猪的。

腊月二十四那天一早，天上开始落雪。我起来煮了一锅水，倒在木桶里，用来褪猪毛。永发起来把猪捆了四只脚，猪躺在地上嗷嗷叫。这个时候，杀猪匠就来了。杀猪匠磨刀的时候，我听到永发问杀猪匠，猪杀多了，杀人也差不多吧。杀猪匠知道我们家的事，就说，是啊，有的人还不如猪呢。我听永发回了一句，我也要试试杀猪的手艺。他从杀猪匠手里接过了刀子，一把就刺了进去。那只猪痛得嗷嗷叫，永发又捅了几刀，我晓得，他当时的感觉，捅猪就跟杀人一样。

除夕那天，他很早就催我烧饭，我们四点就关门吃年夜饭了。吃完，他就拿着他爸爸的猎枪出去了。那杆猎枪，用桐子油擦得锃亮锃亮的。我晓得，他总要把这口恶气出了，不然，一世都不快活。我也劝过他，他说，这样活着也跟死了差不多。

他出门的时候，嘴里一直在叫，老天自有法律！我叫你再杀一次！我叫你再杀一次！我知道他一脚出去，就不会回来了。

你当时不去拦他吗？

有什么办法呢，三个孩子都是我身上掉下来的，我比徐永发还恨。我不后悔。反正有大毛了。他家一个都不剩。他敢杀我的孩子，我就叫他断种。

杨走妹语气铿锵。

我难以想象这对夫妻告别的当口，是怎样的情景。作为一个女人，我难以想象送丈夫出门再也难以相见那一刻的滋味，他们诀别的那一刻，两人的眼神中，是否还有一线的残存的温柔。假使有，那么这点温柔也许就缠住了一颗向死的心，那么，因为仇恨而筑起的坚固的盔甲会顷刻之间訇然迸裂，一场杀戮就此销声匿迹。这完全取决于这个女人眼中的温柔。

我不由偷偷地打量杨走妹的眼睛。她的眼神骄矜而空茫，一种无法支撑的悲伤暗暗地隐于阿堵之后，却不能显露，无法盛著与寄托，甚至能照得出徐永发那悲哀向死的凄清的身影。他何时陷入了一个黑洞，周围有众多的看客，他们的眼神中，竟然都找不到一丝可以挽留他的温柔。他于是只能选择做一个侠客，背起枪支，朝那个黑暗的方向飞奔而去。

对于这样的结果，对于徐永发的表现，村里人总算从中获得了大平静似的，他们在嘴上给徐永发竖起了一块牌坊，他们告慰杨走妹，就像凭吊一位烈士家属。

徐永发走得一点也不亏，四抵四，公平！

他们说，徐永发是一条汉子，高山村迁居下来的那些陌生人再也不敢对着他们耀武扬威了！大毛作为烈士之子自然也获得了村人的尊敬，他们跟杨走妹说，放心，以后有什么难处尽管跟大家说。

我想象杨走妹在每个孤寂的夜晚，送走这些好心人的一刻，她内心涌上来的无着与苍凉。人都说，好死不如赖活，而这个村庄是不能接受赖活的，于是他们只能面对好死之后的死寂。

没有谁看到徐永发在去往关家的路上后悔了没有，没有谁能了解他当时具体的心情，没有谁能理解他举起枪的那一刻，是否也闪过一丝犹豫。

老蒋说，他接到邻居关于枪声的报信，就带人赶了过去。

天已经黑了。关勇胜一家在吃年夜饭，有人敲了门，关勇胜就开了门。应该是这样吧。关勇胜迎面就挨了枪，关长青应该是站起来想跑，腿上挨了一枪，两个老人，一个在楼梯口，一个在厕所门口，是跑了一点路的，背后挨了枪。

雪，从腊月二十四过小年的那一天下起，断断续续没停过。坐在屋里，旁边烤着炭火，依然使我冷得牙齿打战。

下雪天，诀别，仇恨，杀戮。我突然想走了，想远离这个村庄。

我看了老蒋一眼，又看了杨走妹，他们就像两个坚硬的蜡像，簇立在一旁。他们的表情又令我觉得分外寒冷。虽然，小时候，我也学过舍生取义的道理，可是，我除了看到仇恨，看不到义在哪里，难道所谓的公平就是义。我看到在这个大义之下，索然而寥落的生命，他们僵化了，僵硬了，失去了呼吸，失去了颜色，失去了生趣。

我怕再坐下去，我的生命也将被夺走似的。是的，我要仓皇而逃了。

告别冈山村，我很快踏上了回城的路。温馨的家在召唤我。即使到了乡村，我依然无法重新体味童年关于过年的温暖记忆，我想，我是再也找不着那个往昔的自己了。

十

回来很久，我不知道该怎样起笔写这篇稿子。就想，也许听听法律工作者的说法，更有助于我的立场的把握。这样，我联系了徐永发当初聘请的律师。

在法院一侧，街道对面写字楼的二楼，沿着狭窄的阶梯走上去，推开玻璃门，许熠辉藏在五六平米的办公室里，他给我倒了一杯水，坐下来后，竟然沉默良久，无从说起的样子。

许律师还很年轻，三年前，徐永发来找他的时候，他还是实习律师。

刚从大学毕业，接不到活儿。外面的人可能以为我们律师很风光，其实挺难的，尤其是开头四五年。因为接活儿都得靠人脉关系。我们在所里，都是帮资格老的律师打打下手，他们不愿接的，多下来的才轮得到我们，很少有机会轮得上出庭。那天，徐永发从楼梯下面冒上来，正是早上十点多钟的光景，所里其他人都不在，我就觉得是个好机会，我没跟徐永发说自己是实习律师，就把这个活接了。

我理解什么叫命运了。如果徐永发生长在城市，他也许能找一个老牌律师，那么也许能够多赔偿一点钱。而徐永发的纯朴显然不知道，他把命运交付给了一个初出茅庐的年轻人。

他问我，能让杀人犯判死刑吗。我把法律条文翻出来给他看，说，可能死不了。他说，杀了人怎么能不偿命呢，还杀了仨。我说，那我就试试吧！我查找了许多少年犯的案例，是很难量刑。因为年龄是个硬杠子，不承担完全刑事责任。我也请教过法律专家，像这样特别严重的情况能不能酌情考虑，专家们说，法律要考虑到保护未成年人的利益，多注重教育教养的层面，法律不是用来复仇的工具。

我年轻，第一次上法庭，当我辩护提出时代已经变革，未成年人早熟已经成为趋势，而且如今未成年人犯罪越来越多，应该修改法律，减小量刑的年龄。结果，被法官破口大骂，我从未有过这样的经历，缺乏经验，一时张嘴结舌，再也辩护不下去了。这件事，总之，很对不起我的当事人，我也不知道会在他心中造成那样难以抹去的创伤。如果知道是这样的后果，我会把所里最好的律师推荐给他。

你不知道，他看着我喝了一口水，律师在人面前似乎很牛逼的样子，在法官面前，就是孙子。法官总是咄咄逼人，故意刁难，很多时候，我们连话都插不进去。

每一行都有自己的难处。他看了看我，很抱歉地说。

不知道自己在这一行还能撑多久，五年打不开局面，就准备换行。一个同事受不了法官的气，考到检察院去了。他笑了笑。

听他这么一说，我很想见见当初那位做出庭审判决的法官。

站在走廊里，看着外面一片葱茏的绿，过了很久，才看见裴法官从阶梯下走上来。

他对这种场面显然习以为常了。

这个案子发生之前，我们刚好去外省参观过，他们对未成年人犯罪主要是采取教养的态度，依靠大量的宣讲，培训，减少犯罪率。事实证明，这样的做法是有效的。是有法律工作者提出，是不是要修改法律条文，减小犯罪量刑的年龄。但是，我们从未成年人的利益考虑，法律是用来惩治恶人恶行的，而未成年人还具有很强的可塑性，所以，我们坚持给予教养。我们是按法规办事。

法院的楼高高的，四边都是绝壁与高墙。人站在中间，会感觉自己很渺小。徐永发也曾站在这里，也曾体会过自己的渺小与无力吧！他最后，还是相信了老天，他打算替天行道。在法律的力量无法抵达的边缘，人们用最原始的方式来捍卫生命的尊严，这是幸还是不幸。

我无法言说。

无法言说的事太多了，常常使我沉默。万物有序而无序地呈现、生长、繁荣、衰落、枯萎，每个人只能选择其中一条路径，他走着，走着，不知道会遭逢什么，不知道帘幕掀开，底下的世界是一个怎样的世界。面对这个世界，有时，他突然张大嘴巴，惊呆了，就像掀起叶子，发现下面有一个蜂窝一样，他不知道怎样继续前行，不知道该选择怎样的道路，因为，他知道，从今往后，不管朝什么方向走，天都是黑的，他在这个黑洞里，越走越深，苟延残喘，直到有一天，消逝不见。

这就是徐永发的世界吧！

我的眼前再次泛起徐永发那张倒映在泉涌中的变形的脸，耳边响起他沉重的喘息声，他在说，我走了。这句话是他转过身对杨走妹说的。他说，也许他能够找到那三个孩子。我仿佛听到他与他们在一起。

雨天的潮气正在渐渐淡去，窗户外面依然是挨挨挤挤的房子，城市依然让人觉得拥挤。我知道，这篇稿子写完，他就将被我遗忘，我必须迎接那些如流水般的新闻与事件。我将从他的世界里走出来，回归到自我，然后，又深入到另一个灵魂中去。这是我的生活。这是现实人生。报纸出来，徐永发很快成为人们茶余饭后的谈资，只是一两天，很快就会被淡忘。这个世界不缺惊奇。芸芸众生的存在都短暂而虚渺，他们不是大人物，生命的波光甚至不足以照耀眼前的路。

这就是他们的人生。

我坐了下来，在电脑上拟写下一个大标题：水井深处的呻吟。

据一则来自广东省的视频新闻，一家墓地发生了业主与管理者的纠纷官司，业主拿着墓地装修费十八万元的装修合同，认为管理者没有兑现合同上的义务而向法院起诉。小说构思了一个癌症病人，在购买坟地的过程中，感叹人生活得不容易，死也不容易，最终，在去往郎木寺的途中，接受了宗教的洗礼……

发表于《福建文学》2017 年第 1 期

去往郎木寺

一

车离开兰州，前往夏河的路上，瞥向窗外，田野里星散地竖着些白塔，一座一座，孤零零地，置身于庄稼地的碧绿中。

那是回民建造的。回民毕其一生辛勤劳作的目的，就是为了建一座白塔，用以祈福，用以修来生。白塔是心地善良，操守正业的标志，正业又叫白业，符合宇宙真理、自然规律、伦理道德的事业都可以称为白业。回民，让人想起伊斯兰，想起耶路撒冷，心中怀有信仰的民族，知天地，懂敬畏，因而动心忍性，行为有纲。

到达夏河镇，天色已晚，冷雨夹着寒风，从山上飕飕下来。

我们被召集到一个草坡上的毡房里用晚饭。毡房建在坡顶，离马路有些距离，黑咕隆咚，撑着伞，依然挡不住四面飘旋而至的风雨。

然而，我的心里却很坦然，这里的风雨，干干净净，不带任何尘滓，正可以洗刷身上的灰尘。我打算，到达郎木寺后，每天沐浴焚香，持斋受戒，以告慰将要离开身体的灵魂。

毡房在藏民眼中布置得相当豪华，塑料胶板围成的长方形房间，开有几扇窗户，窗下放两张沙发，地上铺着廉价的红地毯。一张张粗糙的圆桌面，摊着白色塑料薄膜，上面放一圈碗筷。

坐下来很久，饭菜还没上来，只听到窗外繁稠的雨声，更显得大地广袤而沉静。

有些饿了，身体弱，禁不住饿，胃里只稍稍觉得空荡，腿脚就不能利落。我盼望快一点享用到晚餐，胃里能暖和些，好生出点精神，能撑到旅社。幸亏旅行团不需要提供身体证明，我已经是癌症晚期的晚期，行将就木，我得竭力表现得健康，看上去像个正常人。

这张桌子坐了十个人，我注意到，对面的女人穿着红衣服，杀人案新闻中，穿红衣的女人常常招罪，变态分子通常爱红色，对红衣姑娘下手，是他们的癖好。我看着她，同桌还有些别的女人，她的确最漂亮，穿红色确实好看，男人的通病吧，也算不上什么变态。车上，她也许坐在后排，我没怎么留意到她。

因为这小小的发现，这趟旅行竟使我百无聊赖的心稍稍欢欣起来，不再孤独和寂寞了。我悄悄观察她，年近四十，正是最有风韵的时候。风韵，是一种奇怪的东西，像风一样难以捕捉。女人必须到达一定的年龄，才能出现风韵，但是，它就像彩虹，像莲，只可远观而不可以亵玩。彩虹并非下过雨就会出现，莲花香也是时有时无。风韵像海市蜃楼一样虚无缥缈，只少数女人拥有它，而且，随着生活境遇的改变，就像潮汐，来无影去无踪，这会儿，它像月华笼罩在女人身上，一会儿，又消逝得无影无踪。

我惊喜地发现，这个女人有一种说不清楚的风韵。饥饿感渐渐褪去，又隐隐约约地强烈起来，多年以来的单身生活，摧毁了我的胃，一种求生的本能攫取了我。人世是美的，尤其有美丽女人的陪伴。

饭菜端上来了，团餐大多不怎么讲究，都是一些家常菜。最后上了一碗人参羹，听说是用蕨麻、曲拉、青稞熟面、牛奶等熬制的，味美香甜，看着就觉得暖和。

毡房外面，暴雨如瀑，天完全黑了。我们在荒无人烟的草坡上吃饭，身在异乡的生疏感缓缓爬上了后背。按照从小接受的寿终正寝传统，此刻，我应该躺在碧桂花园的家里，可是，我最终还是选择了离开。

吃好饭，我们沿着原路返回，到了夏河镇旅社。

雨仍然下着，高原的夜，山气充盈而潮湿，被子摸上去湿重湿重的。洗簌完毕，我站在窗台，抽了一支烟。医生嘱咐过，不能再抽烟了，可是，一生的习惯养成了，临到终了，也觉得没什么必要修改。窗台对面，是连绵起伏的黑魆魆的山峰，隐隐的沉穆的影子一座挨一座，贴在深蓝色的天幕前。夜风中，烟味骤然飘逝，清冽的寒气从底下漫涌上来，我紧了紧身上的毛毯，内心安宁平静。我想，这决定应该正确吧。

一个星期前，我联系导游，给我安排一趟去甘南的旅行。今天早晨，我就上了来兰州的飞机。我准备得很充分。住所，镜湖岭十号碧桂花园二单元103的房子，卖了，钱都打到了账上，一半留给母亲，一半留给妹妹。三十五岁，我曾在这里结婚，婚后坚持做丁克，妻子不能忍受，四十岁离婚，妻子很快找人，生了孩子。我再也没见到她。我害怕再耽误别的女人，此后就一直晃荡着孤独的身体。现在，我五十五了。

碧桂花园是一幢单独宿舍楼，是我早年工作的企业分配的职工宿舍，企业解体，就作为房改房买了下来。九十年代末，我拿了一笔退养金出来重找工作，此后，颠沛流离，过得很辛苦，也没挣下几个钱，就一直住在碧桂楼里。

我的人生没多大欲望，有地方住，能简单对付衣食住行，就行了。

103是底楼中间套，两房朝南，门朝走廊。房子不大，只五十多平，小小的客厅与餐厅共用，两个卧室，其中一个，放置了一些书架，堆放书籍和花草。书房出去，是阳台和院子。我在院子里打了一口水池，种了几株莲花。一年四季，大部分时光，我都在碧桂花园度过。

我曾想，是否就这样躺在碧桂花园的床上与世长辞。

这里的气场是我熟悉的，每一块砖，每一片瓷的缝隙里，都凝结着身体的气息。我试想，自己死了，妹妹也许在哪个休息天来看看，发现了我的遗体，于是，打了殡仪馆电话，一辆肮脏而坚硬的运尸车就过来了，我离开了自己的房间，离开碧桂花园，经过繁华似水的解放大街，冒着响声和热气的喧嚣的人流，离开主城，渐渐向西部的郊远地带而去。

殡仪馆，尸体的集散中心，四面八方的尸体奔涌而来，每一条路上，每一幢楼里，都潜藏着朝这个方向出发的暗褐的身体，汇聚成波浪滚滚的尸体的河流，我，是河流中的一滴水花。

这么多尸体，堆积如山的尸体，在这里被机械化地处理掉，永远消失，以腾出有限的空间来，让活人在本来拥挤的世界生存下去，这是一种自然规律，新陈代谢，每个人都逃不过冥冥之中的命数。

我将在这里告别家人，他们为我哭泣流泪，或者没有眼泪也未定，尸体之多，流程之紧密，常常让人麻木，也许他们只想早一点把我处理掉，然后可以轻松地回家。我，成了他们的负担。

我躺在几丛假模假式的塑料鲜花中，容貌被格式化地清理过，第一次面带油彩，就像要上场演戏一样，我的尸身躺在白色棉布下，迎接他们左三圈右三圈的哀歌与缅怀，然后，被拉入一条通道，进了锅炉一样的房间，被推进写着号码的焚尸炉，就此烟消云散。他们会盛一勺骨灰给我的母亲和妹妹，放进一个小匣子，这匣子是他们刚刚掏钱在殡仪馆商店买的，我于是躺进了黑匣子，然后，她们将选择一个日子，将匣子放进买好的墓地。从此，我离开熟悉的碧桂花园，在墓地长久呆下去了，只有逢年过节，我们才能相聚一次，看看她们的面孔。

这就是我将要面临的离开人世的生活。

二

一个月前，我去过龟灵山墓地，墓地在 G 城西面，殡仪馆还要再往西十里，再过去就是我曾经上班的地方，那家曾经辉煌一时的企业，早被几个私人老板买走了。那以后，我没再去过那里。

年轻时候，坐公交进出，会经过龟灵山墓地。这条路上淌着我青春的汗水，这里的一切是我熟悉的，躺在这条公路两边的墓地里，应该会觉得安心而快慰吧。回想起来，企业里几个工友就躺在这里。碧桂楼二单元的一个住户，丈夫夜班回家，在这里遭遇车祸，埋在了山上。过了几年，孩子工作了，也是夜班回家，遭遇了车祸，又埋在了山上。这条公路别的地方都很安全，只在墓地这一段，总出事，人们说，此地阴气重，每每骑车或开车经过，都小心翼翼的。

我从未去过墓地，不知道其中的境况。但是，自从医院查出来得病之后，我经常考虑这些事，我想，到底要将自己安放在哪里呢。于是，我就去墓地走了走。

多年没来，我发现公路都变了样。从前是柏油路，现在，马路上方架起了高速，车流滚滚，宁静的山野变得喧嚣而嘈杂。从前，山上的墓这里一处，那里一处，零零散散，如今看过去，都是簇簇新齐整整的石碑，密密麻麻地一片，横亘在坡地上。

死去的人数与日俱增。现代社会，医疗科技越来越进步，然而生命却变得越发脆弱了，随时随地都有人死去，各种死亡以病症为理由，被命中的人们将随时离开这个世界。年轻岁月里，我很少考虑死亡这件事，死亡意味着生命的消逝，死亡就是无影无踪，不再存留在这个世界了。到了墓地，我才知道，原来，即使是死亡，也仍然需要在世上找一块土地休憩，我们并没完完全全离开这个世界。在找到了容纳生之躯体的空间之后，眼下，我还得为死后的躯体再找一块空间。

打听之后，才知道，现在的墓地也纳入了公司化运营。这也不奇怪，商业运作已深入到各个领域，为死人服务，是一种必须的需要，一个巨大的市场。

公司就在墓地山脚的街上。这条街不知什么时候开辟出来的，有些年数了。我在企业上班时，就曾溜达几次。街两边，一溜儿排列着格子间般小小的店面，我曾来逛过，看看玉器之类的小玩意儿。现在，一眼望过去，几家冥用商品店突出而清晰地展示在我眼前。两家店中间，一个小小的门面，一侧挂着长长的木牌，上面写着龟灵山墓园管理处。

沿着窄窄的楼道上去，上面是十平米的写字间。一个四十来岁，穿着青色夹克的男人，用长满粗大指甲的手，一手夹着烟卷，一手把弄着鼠标。

我想买块墓地。我跟他说。

他回头看我，点点头。买墓地跟买房不一样，房子要挑户型，墓地款式都一样，你挑位置好了。他点击电脑上的图片，我看到墓地规划图，他指着其中一个方块说，现在南坡朝阳还有百来个位置，位置不一样，价钱不一样，北坡阴，日照短，便宜一些，你看，各人有各人的讲究。

我不讲究。安静一点就可以了。北坡便宜，那就北坡吧！

买几个？他撇着脑袋，拧头征询我的意见。

一个。我感到很诧异。

墓地有卖好几个的吗？

他笑了笑。有人十几个十几个买，你想想看，现在房产这么贵，土地值钱，人总是要死的，死人越来越多，墓地的涨价速度会超过房产。有头脑的人都买几个放着，等着升值再出售。

炒房之外还有炒墓地？

他嗤地笑了一声，很不屑的样子，似乎我是从另一个世界来的人。

是啊，只要跟土地有关的，都是不可再生资源，墓地是阴宅，那也是宅啊！房产炒得这么热，阴宅行情也看涨啊！你看看，我这是点拨你，多买几个给家人也好，以后说不定哪天死也死不起了！

死也死不起了，这说法还是第一次听到。常听活着艰难，劳苦一生，只为了买一套房，而今，穷人连死的权利也得不到保障，那岂不太寒碜了！行将就木，回顾自己的人生，他妈的活得有多累，多没价值啊！

没想到，死也居然这么累！

我茫然站在他面前，不知道说什么好。忙乱了一生，很辛苦，年过半百，就病了，手术，治疗，各种各样的补品，药剂，差不多花完了这些年的积蓄，我不知自己还可以活多久，不知道身边还要留多少钱才能苟延残喘，听说，在殡仪馆处理掉自己的尸体，还要花差不多八千块，而如今，还等着花一大笔费用买一个存放骨灰盒的地方。

我只一个人，买一个就可以了。我认真地说。

四万一个。每块八平方。

也就是五千一平米。

是的。

跟有些小城市的房产差不多。

以后会涨到两万吧！

完全有这个可能。

期限是多少年？我想起房产是七十年。

这是永久的。

我不由笑了，像是赚到了大便宜。死亡与生存相比，是永久的，无限的，因此，墓地，必须是永久产权的。

这么说，这四万值！

是啊！而且，它是贴地面的，是真的地，不像房子，悬在空中，只是空中几块砖。

这兄弟说得相当形象。人生的确好笑，忙来忙去，只为了空中几块砖和地上几块砖。我们像一群鸭子，毫无征兆地来到这个世上，被一根无形的棍棒在后面驱赶，役使，走上了相同的道路，为几块砖奋力挣扎以至头破血流。在几块魔砖面前，我们被教唆要像狼那样富有战斗性，童年，我们被教育不要狼心狗肺，等走上社会，书店里满是教育我们要像野兽一样凶猛的书籍，书店像动物园，充满狼吟虎啸。

就在前两天，一个著名的经济大咖运用高智商向女友开战，成功要回了原先赠送的两套房产，还让对方背上了九百万债务。

九百万，小三女友要用一生来偿还这笔感情巨债了。这位大咖也许拿着这九百万再次购买房产，再次寻找小三，几块魔砖决定着情感来去的轨迹，嘲讽尽了人世的生命之爱。

阴宅比阳宅实惠。我有些说不出的高兴。

是的，所以有眼光的人都开始炒墓地了。这是实实在在的，没有烂尾楼那种风险。

我不由笑了，忍不住大笑良久，为人生终于捡到了大实惠，大便宜，真想和他马上干一杯。我的笑声充斥在这间十平米的办公空间里，它就像无数死亡灵魂的中转站，奔赴黄泉必经的驿站，我现在站在这个驿站里大笑，像古代穿着白衣的凛然侠客。我的笑声穿越窗户，穿越公路，穿越山峦，像波浪一样轻轻振动，远远地播向墓地。我不知道自己的声音有无惊醒墓地里沉睡的灵魂，我想大声向他们问好，你们过得怎么样啊，你们死得好吗，你们告诉我死的滋味，死的滋味是怎样的啊！

哈哈哈哈哈哈哈哈。

这兄弟惊讶地看着我。我的表情神情古怪，颤笑不止。我迅速拿手掩住自己的嘴。

我就要告别这个世界了，哈哈，这是一种怎样的悲伤，怎样的释怀，怎样的难以思量。我以为死是一种解脱，你们解脱了吗，啊，墓地里的你们，你们解脱了吗？

三

拉卜楞寺就在旅社左近，是格鲁派六大寺院之一。

格鲁派是藏传佛教中势力最大、影响面最广的宗派。走在寺院巷子里，就像迷宫，迎面的是一堵堵红墙，歇山式屋顶，黄色与黑色的窗框与门框。红白黑三种藏传佛教寺院建筑的主要色彩，与前后绵延的群山互为映衬，朴素而不失庄严。

宗教教育人们要忍受一切人生磨难，事实上，不忍受又能怎样呢？无论活在什么层面，各有各的烦恼。人生本来就是一条烦恼之河，人脸本来就是一个苦字。这是佛教宣传的基本教义，我还未到需要皈依佛教来自我解脱的地步。任何苦恼都能寻找到答案，都能找到解脱途径。

导游拿着喇叭引导我们从一堵红墙穿越另一堵红墙，在各个经堂之间穿来穿去。她介绍了藏传佛教一大堆不同等级的职务，我只记得一个叫赤巴的称谓，赤巴，就是负责人吧。

导游说起藏传佛教的神奇，她讲了一个故事，甘孜州德格有一位老人，对三宝非常虔诚，家境贫寒，每天靠刻观音心咒勉强维生，白天工作，晚上坚持禅修，一天只睡两三个小时，去世七天之后，家人惊奇地发现，除了指甲和头发留下，肉身竟然没有了，据说，这个现象被当地许多人亲眼所见，这种现象叫作虹身成就。

我对这个故事很有兴趣。我正为尸身怎么处置头疼，假如也能来一招虹身成就，那么，只要将我的指甲和头发扫进垃圾桶就可以了，用得着多麻烦吗？可是，导游的故事令我不置可否。这些故事当然会吸引许多信徒，一日数遍地背诵那些经文，可是，我知道自己无论如何无法达到这种境界，我更愿相信，那也许只是一种障眼法魔术，或者尸体被盗走了，故意来个说辞之类的。我不相信人的身体真会突然消失，吸虹而去。我也不相信有什么来世，对来世也没什么愿望。我只需尽量妥善安顿好这一生。

路上，披着红色袈裟的三三两两的僧侣走过，像是荒凉之地一簇一簇的格桑花。他们的高原皮肤黝黑暗红，面目模糊，手臂赭褐，脚上趿拉着拖鞋。他们远离夏河镇的芸芸众生，十年、几十年甚至一生的光阴都将圈宥于这红色高墙的四角天空里。他们思考过，要寻找怎样的人生吗？我很怀疑。

佛教告诫人们要内心慈悲、智慧少欲，但是，没有历练，无从比较的人生，怎么知道什么是智慧，什么是慈悲，什么是知足少欲呢？

杀人无数的征伐者最后放下屠刀，立地成佛，或许是为手上沾着他人的鲜血进入来世而感不安吧！而这些年轻僧侣，脸上挂着纯朴、天真，如果离开寺院，他们会怎样生活呢，我想。

大经堂阴森空阔，繁复的经幡，一条条从空中悬挂下来，陈旧暗淡，上面绣着佛陀教言和鸟兽图案，作为福运升腾的象征物，经幡每年都要更新。然而，看上去，这些经幡似乎已经有许多年未更换了。最上头的是蓝色幡条，象征天，下面是白色幡条，象征云，再下面是红色幡条，象征火，红色幡条下面是绿色幡条，象征水。最下面的幡条是黄色，象征土，或者大地。五种颜色按照自然物质存在的形式，就像大自然天地不容颠倒。通过这些富有仪式感的媒介，人们就可以与上苍对话吗，就可以站到天父面前，大声质问生命的本来意义吗？

我仰头望着这些悬挂的布片，深深地想。如果当年，我离开那座城，选择到这里做一个僧侣，我将有着怎样的人生呢？是否此刻，我也留着胡子，坐在禅包上，手持经书，诲人不倦。我的生命是否会燃烧得慢一些，再慢一些。我是否还没有这样衰老，是否还可以再做几年关于人生的美梦。

世嘉木样活佛时期所建，整个寺庙现存最古老也是唯一的佛殿，位于大经堂旁下续部学院。一屋子上百号僧侣脱掉鞋子坐在禅包上，集体打坐，集体念经。老的僧侣七十多岁了，小的十岁不到，都坐在一起，小僧侣坐不住，屁股来去晃动，老僧侣会停下嘴轻轻咒骂两声。俗世的人，无法理解这种僧侣人生。这是简单纯粹追求精神信仰的人生，这样的人生不用为物质所累，为一日三餐忙碌，精神充盈、简单、平淡、安宁。

阳光稀薄，我们站在寺庙转经筒长廊前了。导游说，挨个儿将经筒摸一遍，能求得好运气。我的手于是搭在了经筒上，剩下的时间不多了，我还有什么运气要期求的呢？空气有些清冷，我捋了捋脖子上的围巾。那个红衣女人走了过来，她拢了拢微卷的头发，将肩上就要掉下来的大绿围巾往上提一提，又将胸前抹熨帖了，表情庄严神圣，然后，摊开手掌，硕大沉重的转经筒呼噜噜地转了起来。

四

我规规矩矩买下了一块墓地，八点四平米，四万二千人民币。墓地管理处的徐经理拍拍肩膀安慰我，很划算，一块墓地可以放两个骨灰盒，你老婆就不用买了，这叫墓地设计的人性化。

他抽了一口烟，两个刚刚数过钱的手指现在就放在我的白衬衫上，我刚刚看到他将手指伸进嘴里，沾点唾沫，飞快地点着纸币，点钱的时候，眼睛发出绿光，喉咙也发出莫名其妙的声音。我说不清楚那是一种怎样的声音，就像电视中鲸鱼愉快的喊声一样。

墓地设计的人性化。我还是第一次听到这样的词语。我以为死是一件简单的事。死，万事皆空，还要人性化干什么呢？已成一抔灰烬，不能称为人了，何谈人性呢？这是对于祭奠的人来说吧，给活人一种精神上的安慰。

徐经理的说法不由让我思考，是不是把一半位置腾挪出来，置放另一个骨灰盒。该放谁的骨灰盒呢？显然，不能放妈妈的，也不能放妹妹的，她们都各有归属。

这显然是死到临头仍然需要面对的一个问题。孤独了一生，以至于我的整个人生都在思考，找一个怎样的伴侣继续生活，可是，显然，不知道什么原因，也许是适应了孤独吧，到如今，我也终未能找到合适的伴侣。我以为，走到人生最后的征程，问题就会迎刃而解，我不再需要伴侣了，就这么孤独地奔赴九泉吧！而现在，这个问题又像一匹奔马一样突兀在了我的面前。是啊，我的墓穴里该存放一位怎样的伴侣呢？

窗外，马路对面的沿街商铺，生意萧条，城郊地带，不热闹，有些冷清。行人走来走去，像一件件会移动的物。天，分不清蓝色还是灰色，就像城市的表情，不愉快也不悲伤，像一间间写字楼里白领们身上穿着的制服。城市的表情，就是没有表情。

我是一个人。我没有妻子。我又对他强调了一遍。

嗤——。他笑了。

你这样怎么行。一个人到阴间去，太寂寞了。阴间，黄泉底下，你知道的，阴冷得很，没人陪伴，会很寂寞的，一般人都受不住。有的农村，死了人，会把死人卖了，给人家配阴婚。怎么样，要不要找个单身女的，我帮你撮合，付一点服务费就可以。

我惊讶地笑了。不是死到临头，我断然不会知道，世间还有这样一种买卖！令我想到诸多婚介公司，原来还有为死人做媒的。我看了一眼徐经理，大约长期与冥事打交道的缘故，他的脸泛着油亮的黄光，金灿灿的，就像油蜡黄裱纸剪成的纸钱。

要多少费用？我颇有意思地问。

不多，三千吧！他爽快地一口报价。

这么贵？

便宜了。你看看婚介公司，找个条件好一点的伴，没两万下不来。

可是……毕竟只有一捧灰了嘛！

灵魂，你难道不相信灵魂吗？身体消失了，你们的灵魂在一起，灵魂是不会消失的。他瞪大了眼睛，竟然说起了灵魂，看上去像牛一样真诚。让我确信，人死后确实是有灵魂的。

包你满意，门当户对，家庭，学历，身高，一定不会给你找横死的。

怎么找法？我惊奇地瞪大眼睛。

我们跟殡仪馆有联系，要不然，殡仪馆工作收入这么高。他吐了一口烟卷，颇富经验地说。

靠山吃山，靠水吃水，真不错！我再次惊叹地发出了笑声。

人性化。死了也有人关怀，只要付钱到位，不用担心死后过奈何桥，桥上没个伴。那奈何桥，应该就是人间的断桥，天界的鹊桥，那会儿，我就成了许仙，在桥上，我将逢着日思夜想的白娘子，开始我在阴间的惊世之恋。我就是那鹊桥上的董永，过奈何桥的那天，就是七月初七情人节。哇，多美好的黄泉路！

好，那么帮我找一个。差不多年龄，相貌过得去，大学毕业，病死的吧！说完，我又拿出银行卡刷了三千。

嗯，你是爽快人。我告你，你付这三千一点也不亏。我让她出一半墓穴价，找到了，我让她掏两万给你。

哦。这么说起来，确实很值。我五体投地了。

从墓园管理办公室出来，我头一次感到一身轻松，一生没有解决的大事，没想这么快，在生命征程将要结束的时光，突然解决了。我将得到一个满意的温暖的伴侣，不能不赞叹，这人性化的服务确实让我感觉温暖。

徐经理管这叫服务一条龙。

五

从车窗望出去，尕海湖无边无际。大片大片苍茫的黄绿色，一望无际的草荡，远处水天相接，云朵在水面上漂浮，像浮动的冰层，再远处是隐隐的山脉。

一行人从车里走出来，风有些大，我将冲锋衣领子竖了起来。年轻时候，我比较注重形象，衣服不多，对颜色相当挑剔，青灰色为主，过了四十五，渐渐喜欢红色，大概要用颜色来彰显活力吧！这冲锋衣橘黄和米色搭配，为了这次高原行，怕遇上复杂天气，特意买的。希望生命最后时刻，也能穿得整整齐齐，精精神神。

人们陆陆续续下来了。不是假期，出门旅游的都是闲人，年龄偏大的居多。经过旅途颠簸，看上去，人们的脸色有些泛黄，但每到一处景点，仍然掩饰不住兴奋。

哇！好大的湖啊！红衣女人走了下来，惊讶而夸张地叫了一声。湖水其实很远，湖面和草原连成一片，看上去的确广袤无边。大约为了挡风，她特意加了一副白框眼镜，涂了口红，看上去分外靓丽。

我热爱摄影，可是，来之前，我将这些心爱之物都留在屋里了。也许妹妹的孩子会喜欢。我只带了手机，出于本能，我希望给她拍几张照片。我们沿着栈道往前走，木制的栈道曲曲折折，在苍茫、原始、蓬勃的草荡中，逶迤蛇行，看上去质朴而沧桑。

让红衣女人站在栈道边上，我拿起手机对着她。拍完，她就凑过来看照片。照片里颜色有些不同，多了层蓝幽幽的调子，看上去显得很艺术。

哦，真美！她赞叹道。

是很美。我瞥了一眼女人画得浓重的眉，一到晚上，洗去这些厚重的脂粉，女人在岁月里腌渍过来的陈旧就会一览无余地暴露。但是，每当太阳升起，她们就像魔术师，将脸画出引人注目的妆容，披上绚丽的衣服，一个有声有色的女人出现了。这些女人活着，靠的是一种叫精气神的内质，而使人觉出美，觉出与众不同的，正是这种精气神。

为什么一个人出来旅行？我问她。

为了开心！怎么开心怎么来！她爽快地答道。

家人不陪着来？

不用，一个人多自在！她的样子豪气冲天。

不用工作？

病退！她毫无顾忌地说。

哦，什么病？我很惊讶，竟然能遇到一个孤独出门的病人。

癌症。

哦，和我一样！也许同病相怜，我的心里立即将她视为盟友。

我都病退十年了！医生说我最多只能活三年，可十年过去了，你看看，我活得好好的！多活一年是一年！

哦，天啊！这女人真幸运！

这十年，我都是玩过来的！早上出门到公园唱戏，下午散步爬山，晚上看看电视，画画国画，家里呆得腻了，就出门旅游。我还买了一辆变速自行车，家门附近都骑遍了。怎么样，你也和我一样？

和她相比，我真是惭愧。

不，我……我没法说下去了。我不想说，自己状态非常不好，也许不能活过两个月了。我得在女人面前维持最后一点尊严。我甚至不知道自己的身体是否已经散发出腐朽的气味，就像医院病房里经常会闻到的不健康的气味一样。这种气味，自己闻不到自己。她距离我这么近，我突然害怕胸口、腋下散发出这种死亡的气味出来。

我不由自主摸了摸帽子。我怕风会将帽子吹掉。我的头发已经落光了。头发是一个人精气神儿的外兆，肾气衰竭，头发就会失去光泽，枯萎，发白，经不住揉搓，自行断裂，掉落。

我希望，她将我视为同类。我的生命，至少还有一年，两年，甚至五年，十年，漫长的，就像这铺向水中的栈道一样，在前方绵延地等着我。

是啊，开心就好！我嫉妒地说道。

可是，怎么能够开心呢？自从被打开胸腔，切了一刀，又做了化疗，我的身体突然衰落下去。镜子里，我看到自己的脸色一天天枯黄，发沉，发暗。再说，男人寻找快乐的能力恐怕不及女人吧！女人能够到公园里去唱戏，唱歌，我却做不到。我日常都宅在院子里，看清水池里的小鱼，和它们说说话。

来来来，我们开心一点，走，前面去看看，好大的湖啊！女人再一次夸张地尖叫起来，湖面也似乎因她的尖叫而真的开阔起来。她伸出手拉着我的胳膊，让我突然对生生出无限的留恋。

我们一路走，一路拍，还请周围的人帮我们合影，她的头轻轻靠在我的肩膀上。这些照片留在我的手机里，心中喜极而泣，眼睛都湿润了。

栈道尽头，靠近湖面，搭建了一个楼台，人们都爬上去留下到此一游的倩影。楼台上，是一个茅草覆盖的亭子，它孤独地撑在那里，风很大，四面没有围栅。晚上，这就是荒无人烟的所在了。凄清、寒凉、冷寂，不能留人。一行的游客，还不怎么相识，但大家相逢在一起，冥冥之中，能让人产生互相依偎的感觉。

红衣女人摆了几个姿势，每一个动作都娴熟而优雅。我问她年轻时候干过什么工作，她说只是一般的文员，不过业余参加舞蹈队，有时候也唱唱地方戏，拉拉芝麻开花节节高。总之是活色生香的人生。

风大，我们在茅亭下的横木板上坐了下来。我解开冲锋衣，将她拥进怀里。她说了，多活一年是一年，也许，遇上像我这样的男人，在她的生命里，也是一件开心的事。

临死之人，还有什么要顾忌的呢！

我朝她笑笑。我的眼睛里，一定写着世事洞达后的释然吧！

我想，她看得懂。

六

徐经理让一个手下带我去墓地。我跟着他穿过街道，穿过马路，向龟灵山走去。

路口就在高速公路桥下，水泥阶梯修葺一新。两边是新种的矮小的柏树，我们沿着蜿蜒而上的阶梯，大约走了二十分钟，才来到墓地。墓穴就像单元小区，被划分成一个个区块，我的墓穴在天堂宫第三排第五座。

这是你的门牌号，可记得跟家里人说！手下呵呵笑道。

墓穴用水泥板砖砌成，和其它地方不一样。

怎么这么粗糙啊？这种水泥能防雨水吗，几年不就漏了吗？我疑惑地表示不满。

那得装修啊！看看前面几个小区，人家已经入住的，都是装修过的。手下指着前面几排墓穴。是的，那些墓穴是用大理石砌成的。

装修？墓穴不是一次性交付给顾客的吗？这下轮到我懵了。

我们交的是毛胚。公司有专门的装修队，按统一规格装修。

自己叫装修队不成吗？

墓地装修队，很少啊！你到哪里去找？何况，别的装修队不熟悉这里的情况，装修风格不统一，不利于墓园容貌。

墓园容貌？

是啊，市容有市貌，墓园也要讲容貌啊！装修风格统一，这是管理处的意见。

那么，我还得出一笔装修费？

是啊！这个你跟装修队谈，我帮你介绍，让他给你打九折。

那得多少钱啊？

三个以上打八折，你只有一个，装修费三万八，打九折的话，三万四。

还要花这么多钱？

我听徐经理说找人跟你配对，到时候你可以让她出一半装修款。

真是没死过，不知道死是这么不容易的事！

呵呵。手下笑了。那你也可以跟周总理一样，把骨灰撒进江河里！这是你的自由选择。

是啊。仔细想来，其实也没有什么不公平的。我拥有选择权。

我认真看了看墓地，只有五、六个平方的样子。

不是八平方吗，怎么这么小？

除去公摊面积呀！这些走道都算在里面的。手下轻描淡写地说。

哦。阴宅也是宅啊，既然是宅，就都有公摊面积。我拍了拍脑门，理解了。人死了，跟活着，待遇一样。

怎么样，要不要给你联系装修队？买下来还是早点装修好，毕竟，人的事，谁料得准呢，早装修早安心！手下这话说起来毫无顾忌，仿佛明天我就要死了一样，仿佛他很希望一个个墓穴被填满一样。

你这样说话，不怕被躺在下面的人听到吗？我讥讽道。

听得到吗？呵呵，我一天总要上来一趟，我不说话它们还觉得寂寞呢！手下习以为常了。

你是墓地管理员？

是啊。墓地保持干净，要定期打扫，尤其清明节、冬至前后，人们放的花呀，酒瓶啊，几天就成垃圾了，都得清理干净。我得安排清洁工，这些柏树得定期修剪。

哦，工作辛苦吗？

还行。

工资有多少？

四千一个月。

不少啊！

年终有点奖金。

徐经理发工资？

是啊，墓园管理处。

就靠这些卖墓地的钱？

管理费啊！墓地每年都收管理费，就跟小区物业一样。

管理费？

一百八十块一年。从第四年开始收。

那第四年我还没躺进去呢？

那也得收啊！

我懂了！说不定以后还得加价！

那完全可能。人工费贵起来，管理费也会加上去嘛！根据物价上下调吧！

那如果我家人拖欠了管理费，或者不交了呢？

那会根据具体情况回收，我想。这块墓地公司吃下来才不久，刚刚启动，我们还没碰上这样的事！

装修费三万二，每年一百八，直到永久，我的母亲、妹妹会来上坟，此后，妹妹的孩子未必会来，未必会交管理费，于是，墓地就将回收。那时候，我的骨灰已经烂成了泥土，的确也是应该回收的时候了！

没想到死以后还要成为家人的负担。

站在墓地的甬道上，对着山下的高速公路，车流滚滚，无疑这里的风水不好，如果从居宅风水上推敲，我应该不会选择这里的墓穴。

手下大概看出了我的意思，他笑了笑。

这里离城里远，又离高架桥近，附近也没湖泊啊什么的，要不然早拿去开发房产了！

现在也是房地产呀！

是啊，现在就房地产赚钱！我哥开厂辛辛苦苦一年，不如嫂子炒房赚得多。我在这里买了好几个坑，放个三五年，肯定涨！手下悠然自得，活得很滋润的样子。

我不知道应不应该也给母亲和妹妹买下墓穴。我相信徐经理和手下的话，死人越来越多，墓穴也会越来越贵。这是我能为亲人做的最后一件事吗。

不如用装修的钱再买一个吧？

不行啊，买下来就得赶快装修，我们这里有规定。

那，我自己装修不行吗？

不行，外观上不美观，别的客户知道了，也会有意见。

好吧，帮我叫装修队吧！

手下心满意足地拨通手机。

我想起那年搬进碧桂花园忙着装修的情景，那是人生第一次忙装修。我把城里的建材市场都跑遍了。骑着自行车，我一遍遍来回，为材料砍价钱，看工人破墙开线，在院子里挖水池，接自来水管，看一块块地砖铺满地面，一块块瓷砖贴上墙头，看电灯亮起来，窗笼上纱帘，看院子里草木滋生，第一朵莲花在池中盛开，第一笼画眉在阳台下吟叫。

人生，真是匆匆啊！现在我又要装修了。

明天就可以进场。我带你去跟他们谈谈吧！手下挂了电话。

哦。好。我的思维和情绪，突然停滞了。仿佛身不由己，走在了黄泉路上，而眼前的这个管理员，就是引导我奔向另一个世界的向导。我现在被他带领着，正往那个方向奔去。

装修公司就在山脚拐弯处。搭建起来的两个棚户门前，立着一块块雕刻好的墓碑。我惊讶之前从来没发现城市里还有这样的产业。墓碑上的字看上去如此端庄隽雅，雕刻工艺称得上精致完美。

三万二。统一价。没有商量的余地。我答应明天把钱带来。

他们开始准备材料，让我选择。我将看到自己的名字刻在大理石墓碑上。这种体验很神奇。

我将写着名字的纸片交给他们的时候，忽然又迟疑起来。

让我好好想想。我跟他们说。

塑料扣板装订成的棚户，没有窗户，卷闸门外，是裸露的泥地。一排排竖立着的墓碑大理石材料就像建材店里的大理石地砖，整齐地码着。

看着它们，我心情复杂。

我的身体已经衰败，早晨起来，手指摁在脚背，背上会出现一个个深深的窝。头发早落光了，整个夏天，不得不带着阴帽出门。脸骤然地胖起来，然后突然瘦下去，眼眶深陷。而今，伸出手来，已经青筋凸露了。

我不再爱它了，是的，这具躯体。

早晨起来，不再照镜子，不喜欢看到自己，不喜欢看着自己渐渐失去生机。我的心里，很早就遗弃它了。我爱惜的是我的名字，那个石碑上的名字，它将告诉后人，曾经有这么一个前辈存在过，他是一个洁身自好的喜欢摄影的热爱生活的男人。如果将自己托付到这样一处所在，还有什么意义的话，我想这就是所谓的意义。

可是，这意义到底有多大呢？我没有自己的孩子，妹妹的孩子会以我这个舅舅为荣吗？他以后会在节日纪念我吗？我没有这样的自信与保障。这是眼睛望向卷闸门外的泥地面，突然想到的事。

是啊，这到底有多大的意义呢！

七

天已经暗黑了，车脱离柏油马路，拐了一个巨大的弯，驶进一条泥石路。地面高低不平，车上下颠簸，犹如海浪中的船。导游说，我们将去一个村庄住宿。我忘了村庄的名字，藏语难以记忆。

车开到一块巨大的岩石前停了下来。司机打开门，两个藏民上来迎接，是三十多岁精壮的年轻人。天光暗淡，依然能看出他们赭褐油亮的皮肤，结实圆润的脸颊，印着模糊暗花的袍子。其中一个藏民是村长，他感谢导游将一车人拉到这个偏僻的山村来。沿着四十五度的斜坡往上走，有一段长长的石子路，一边是裸露着岩石的山壁，一边是穷崖巨谷。

天色愈发黑了，司机赶着劲往前走，地形不熟悉，他的心里也捏着一把汗。轰隆一声，车终于在一个稍稍平坦的坡道上停了下来。我们被村长指着向一排悬在空中的木屋走去，看起来这是村庄最好的旅店了。

我被安排在一长列木屋的中间的一间，放好包裹行囊，去盥洗室洗脸刷牙完毕，我就在床上躺了下来。就要用晚餐，可是，身体疲惫，没有一点气力。我叫红衣女人吃完饭帮我端一碗粥上来，白米粥就可以了，我吩咐她。

吃不下吗？她担忧地看着我。

是的。没胃口。

好的。那你好好躺一会儿。她跨出门去，向走廊尽头走去。

纱窗外，月色如水。明净的夜的山风从窗外一阵阵吹进来。假如我还年轻，像从前那样，这会儿，我应该搁着三角架，用摄影镜头对着空濛山色拍啊拍的。可是，疲倦使我睁眼的力气都没有。

将头枕着，我闭目养神，一会儿，走廊里传来一阵急促的跳跃的脚步声，声音渐行渐近，往门里蹦了进来。声音停住了，那东西似乎在呆呆地看着我，还是观察房间。一会儿，那东西挨近床边，发出微弱的喘歇的声音。

是小狗吗？不对。声音专注地对着我。我只好睁开眼，原来是一个孩子，肮脏然而健康的孩子，脸蛋、手臂都是圆滚滚的，腿脚结实，头发有点长，长久没洗头了，黏糊糊地堆在一起，像烂稻草一样。脸上红一块，黑一块，分不清是什么污浊的东西，身上的衣服一样脏。他将手搁在我身边，露出一双十分干净的小鹿般的眼睛。

他凝神看着我，顿时，我的倦意消逝了些。已经许久没见过孩子了，和一个孩子单独呆在一起，一个孤独的孩子，默默承受他注视的目光，许多年不曾有了。年轻时，我一直不喜欢孩子，为什么要孩子呢，那是一个多大的拖累啊！一想到要给孩子吃穿住行，教育，帮他娶妻，买房，延续我的后代，就觉得生活失去了本该安静祥和美好的意义。我厌倦孩子，一听到哭闹声就头疼不已，即使他们发出哗啦啦笑声地跑过来，我也希望他们赶快离开，孩子的脸说变就变，说不定过会儿又吵开了。

我不喜欢孩子。

可是，这一刻，我想，如果有一个孩子，那么，他现在应该二十多岁了，那么，我还和前妻在一起，我会把碧桂花园的房子留给他们，循规蹈矩，由他们为我缴纳每年一百八十元的墓地管理费，直到孙子，如果他也记得的话。

传宗接代的意义，就是把生命延续下去，把基因传承下去。我并非那种角斗场上征战杀伐的男人，我的基因不够雄壮有力，所以，我没想过，自己有着传宗接代的职责和义务。母亲对这一点总是不满意，她闹了许多年，因为我的坚持而没有结果。要不是妹妹生了外甥，母亲的心理得到一点安慰，我确实觉得自己顶着不孝的罪名让母亲下半生不得安生了。

生一个孩子，多么容易！又不要你养，我来养好了！母亲几乎拍着大腿指天咒地。

可是，我的人生进入了一条胡同暗道，找不到端口。我不想过那种世俗意义上的人生。

嗯，你是谁呀？孩子在问我了。他瞪着清澈的两眼，神秘地看着我。

我朝他笑笑。

他看了看我的包裹，熟门熟路地打开了。一边紧张地看着我，一边大胆向里面掏着。

野孩子。我心里想。我将包裹拉过来，翻出一包饼干递给他。他突然笑了，露出好看的雪白的牙齿，将一片饼干塞进嘴里，并不就走，一边吃，一边羞涩地看着我。我盯着他看了许久，觉得疲惫才重新闭上眼。

人生，是不能擦去重来的，如果生一个孩子，那我的人生，又会有什么不同的感受呢？

红衣女人踩着笃笃的后跟上楼来了，走廊上响起了她的脚步声和轻轻哼歌的声音。

呦。她看到了孩子，觉得很惊讶，又很欣喜。

你是哪里冒出来的，小东西？她和他开玩笑。一边将粥放到桌上，扶我起来吃。

我想你可能想口味清淡些，给你盛了一点腌菜毛豆。她说。

这里也有毛豆啊，这个口味刚好，就想喝点薄粥。

一边喝着粥，一边看她和孩子坐在一起逗笑。

一个男人，一个女人，一个孩子，家庭的三要素凑在一块儿，让我产生一种恍惚，仿佛已经转世投胎，开启了另一种人生。男人，为什么要成家呢？张贤亮说，男人的一半是女人，那么另一半呢，是孩子吗？小时候看法国片《老枪》，一个男人在二战时期为妻子和孩子复仇的故事，我为这个男人深深震撼。母亲说，我一辈子都没长大，一辈子都只是个孩子。难道，就因为我没生养过孩子，没激发出一种男人天然的保护欲，一种男人的职责与担当吗？

如果说，我的人生有什么遗憾，这大概就是遗憾了。

给叔叔做儿子好不好？我和孩子开玩笑。

孩子愣住了，仍然害羞地看着我。

哎呦，那是你的福气呢！叔叔带你到大城市读书去！她对孩子说。

孩子的脸色沉了下来，意识到什么危险似的，一手攫住了饼干，赶紧撒腿跑了。空气里回荡着红衣女人哈哈哈哈的笑声。

吃完了再来拿，阿姨这儿有！她朝他喊道。多可爱的孩子！

女人都喜欢孩子！我喝了一口，自言自语。

那当然，没有孩子，女人就不能成为女人，女人的母性发挥不出来，女人是天生要做母亲的！

她坐在我身边，用喜悦而认真的目光看着我。我想告诉她，我的往事。我执着或者错误的一生。然而，我喝着粥，什么也没有说。

八

离开墓园装修工棚，我到母亲那里吃了一顿晚饭。

父亲离开十一年了，她仍然住在这间六十平米的小楼里。那是八十年代企业建造的最早的一批楼房，厨房和房间分开，中间隔着甬道。我爬上楼梯的时候，厨房里已经响起了锅碗瓢盆的声音，油烟气的阵阵暖香从门窗里冒出来，母亲轻微的咳嗽声曾经那样熟悉。

我一直没有告诉母亲和妹妹，我病了。单身生活多年，我总能安排好，照顾好自己的生活。即使病了。动手术，我叫了看护，在医院里躺一个星期，就得把病床让出来，给新住进来的人。医院就像开往黄泉的列车，车厢里挤满了人，每到一站，都有迫不及待的人上来。人生，如此非同寻常，又无可奈何。时间一到，大家都抢着去医院报到。

十一年前，我和母亲、妹妹送走了父亲，家里突然寂静了。母亲渐渐习惯了寂寞。她曾想搬过来和我一起住，但我残忍地拒绝了。我希望有自己的私密空间，整个空间都属于自己。我跟母亲说，会经常去看她，和她一起吃个饭。

自从病后，我去得少了，不想让母亲看出我的现状，为我担忧吧！动手术是冬天，我穿着厚厚的棉衣，等待伤口愈合。母亲没看出来。化疗之后，头发落光了，戴一顶呢帽，我跟母亲说，谢顶厉害，就剃了光头。母亲每次都为我炖鸡蛋红枣，加红糖，她说可以补血。

你的气色怎么这样难看。她看着我很担忧的样子。

因此，病后，我去得少了。

你怎么这样瘦了！当我站在厨房门口，叫了她一声，母亲停下手中的锅铲，回过头来，神情忧伤地看着我。她两鬓斑白，头发松松地用几个黑发卡别在脑后，一张长脸上，眉头皱成了深深的川字纹，两瓣枯萎的薄嘴唇不对称地皱着。看到母亲，我内心总有些不安，也许因为没尽到传宗接代的本分，没有使她享受到膝下承欢的天伦之乐，老年人，太需要新生命的精神给养了。

母亲将饭菜端上纱窗下的小餐桌，我给母亲盛了饭，母亲照例往我的碗里夹一筷子菜。绿纱窗旧了，颜色暗淡，灯光下，一只蚊蝇也没有。母亲边吃饭，边轻声叹气。

老年生活，过十天跟一天一样。母亲停下饭，感叹一声。

哪里一样，放假和童童出去玩，去爬山。童童是妹妹的儿子。

哼，大了，爹妈都不要了，还要我这个老太婆啊？

那，不是还有我嘛！话一出口，我心里一阵难受。我是来告诉母亲，给她买好了墓地这件事。既然房价飙升得这么快，阴宅也会飙升，不如让我尽到最后的孝吧！

房子涨得快！我吱唔着，转过话题。

我们不用愁房子，我老了，这个房子也是你的，你不要就给你妹妹，给童童，我们家房子够多了！

你想过把房子卖掉吗？

没有。

人反正是要死的，死之前，把房子卖掉换成钱，自己爱干什么干什么。

我没什么要干的，我活一辈子了，还干什么？

墓地总是要买的，没去过的地方到处看看。

退休工资拿了这么多年，买墓地的钱总是有的。有什么好看的。哪里都比不过家里好。

听说墓地涨得很快，再过几年，跟买房子一样了！

是吗？这个我倒还没想过，要不哪天你陪我去看看？

我已经看过了，给你买了一块。他们有买好几个的，两三年价钱就要翻翻，现在投资墓地的可真不少。

竟有这样的事。

是啊，我就抓紧给你买了一个。

哦，好的，好的，还是你想得周全。

说完这些，我轻松地吐了一口气。好像有一件事终于要结束了，终于有了妥善的结果。我从包里掏出龟灵山永久墓地使用证，填上了母亲的名字：姚喜莲，将它交给母亲。

陪着母亲喝了一个小时的茶，看电视到十点，母亲要睡了，才合上门，拖着步子下楼去。

心里跟母亲道了一万个别：妈妈，我这就走了！您珍重！

九

郎木寺镇有东方小瑞士之称，位于四川与甘肃交汇地带，碌曲县和若尔盖县共同下辖。小镇依山而建，屋舍高低错落，旁边是著名的红石崖，后山有天葬台。一条不足两米宽的沟涧从中流过，倒有个神气的名字，叫作白龙江。江的一边，挨挨挤挤的是两层楼的民户，不算太高，屋舍外都画着大大的梯形窗框。

车穿过丁字街，向一个门楼驶去。看上去，门楼就像江南的牌坊，下面八根白色立柱，上面两重歇山金顶，仰头就能看到飞檐下的绛红，立柱上方装饰着蓝黄相间的带状花纹，阳光下，门楼显得气派庄严，熠熠生辉。两个工人蹲在飞扬的檐角，抹着涂料。

车驶过门楼，进了一个旅店，停了下来。

安顿好行李，我们就去参观郎木寺。红衣女人住在我对面房间，她招呼我下楼。

沿着白龙江，我们走上斜斜的石阶。道路左边，有两三座回民建造的白塔，其中一座，挨着郎木寺重重堆叠的屋檐，特别高大，蓝天绿草映衬下，朴素而醒目的白，让人油然而生一种纯净感。

郎木寺是一系列歇山重檐金顶建筑，向前望去，满目白与赭红的围墙。从环绕着的围墙的小门踏进去，里面是宽敞的院子。正对面是威严灿烂的正殿，两层楼的檐下，都悬挂着印有花纹图案的帘幔，穿过圆形抱柱长廊，内殿阴暗空阔，听导游说，里面供奉着肉身灵塔，头发和指甲还在生长，真是不可思议。两边是骑楼，三五个穿红袍的僧人立在围墙下，表情淳朴而淡漠。

导游说，附近的赛赤寺，有一种叫羌姆的舞蹈。正月十四是跳舞的日子，鼓手、长号手等僧人会坐在寺院里，阵阵法号声中，大跳护法舞、刚热、女神舞、镇邪舞，服饰面具精美华丽，可惜现在时节不对，看不到。

游览了寺院，我们就朝西边山坡走去。我想看看天葬台。

藏民死后是举行天葬的，这与佛教教义吻合。佛教讲究布施，布施的最高境界是舍身，佛经故事中有舍身饲虎，人死后，灵魂离开肉体进入新的轮回，尸体成了无用的皮囊，将尸体喂鹰，就完成了人生最后一次善行。

天葬台差不多在山顶，听说要走四十多分钟。我们沿着石阶往上爬，渐渐离开了郎木寺，走在了羊肠小道上。两边都是草坡，海拔高，土层薄，不时看到裸露的岩石。几个藏民妇女坐在小道边上，地上摊着布，上面放一些首饰，有一串串的挂坠，镯子，戒指等等。每看到一处红衣女人就蹲下去挑拣。

藏民生活挺艰苦的，买一点，也算做善事！她说。

于是，我也蹲倒挑拣起来。男士戴的，也有银戒指，有绿松石、玛瑙之类的玩意儿。

你可以给妈妈、妹妹带一些！她又说道。

是的，她说得对！我于是又挑选了一些。

红衣女人即刻将买的串链套在了脖子上。绿松石淳朴的色泽与她紫色的风衣很相配，山风吹动她的衣裳和头发，就像一朵草原的格桑花。

终于，远远望去，我们能看见天葬台了。许多根柱子树立在地上，之间拉拉扯扯牵绊着许多条绳子，绳子上挂着红白蓝绿青黄等颜色的布片，远远看去，就像一个纸糊的戏台。如果不是因为风吹雨淋，布片都掉了颜色，显得苍凉衰败，意念中又增添了一种神秘和恐怖的气氛，那么，应该像身着华丽的玩偶出没的地方，就像日本傩剧里的艺人即刻要出场一样。

有的游客看了一眼就回去了，死人的地方有什么好看呢，多看多晦气。知道怎么回事了就回去吧！

一直走上去看看吗？我问红衣女人。

当然啦，已经走到这里了嘛！她的回答正中我下怀。她将手臂伸进我的胳膊，环着我。许多年了，从未再体验过这样的温暖和幸福。

我，活不长了。我看着她的眼睛，慎重地跟她说。

不要这样，要坚定信心，像我一样！她看看远处的山峰，又看看我。

我自己有感觉。我摸了摸她的手。

她没再说什么，温和地看着我。也许对于死亡的考虑，她也经历了一遍又一遍，所以面对我这样一个将要消逝生命的人，居然没有恐惧！

我……希望死在这里。我看了看她，说道。

为什么不想呆在家里死？她有些诧异。你并不是佛教徒，也不是藏民。

为什么要呆在家里死呢？

汉人都讲究寿终正寝。

那是从前……简单地说，我对死这件事感到厌烦。我觉得死太麻烦了！

死太麻烦？死有什么麻烦的？

那是你还没快死。

她看着我，不可思议地笑了。

我是个简单的人，赤条条来去无牵挂，我希望这样，也不希望成为别人的牵挂。

别人的牵挂？

是啊，死后别人每年都要为你上坟，关键是还要替你交墓地管理费，否则，你的墓地就会回收让给别人。这，太烦人了！我希望死了就一无所有，彻彻底底从这个世界消失，灰飞烟灭！

有的人死了，他还活着；有的人活着，他已经死了！她念起了诗句。

哦，不，死了就是死了，甘甘心心，情情愿愿，彻彻底底离开这个世界……我可不想死了还活着！我喜欢纯粹的事物！

所以，你跑到郎木寺来，向世界告别？

我打算在这里住下……死了以后，人们会把我抬到这个天葬台，那些盘旋的鹰鹫会将我一块一块吞噬。这不是很有意思吗？

葬身鸟腹？

鸟比人干净。

是的，这里，一切都干干净净。草啊，泥土啊，花朵啊，天空啊，云朵啊，空气啊，风啊，都干干净净。

你，愿意陪我些时间吗？

她看着我，沉默了。这个请求也许过分了。我们继续向前爬吧！我拉起她的手臂，慢慢地又抬起了脚步。

远远的，几只苍鹰在山顶上空盘旋，蓝色如洗的天空映衬着它们，那是它们的家，我将借由它们的身体，升向天堂。

那一天，也许是两三月后，也许就是个把月吧，反正，那一天就快来了。我的身体将被藏民们从旅店里抬出来，穿过刚才行经的道路，这些穿着绛红色、蓝绿色、黑色藏服的，与天地、野草、溪水相依的人们，嘴中念念有词，唱诵着古老经书，郎木寺的喇嘛们，排着队伍，为我举行仪式，为我祈祷上路。我被送到那些五颜六色布片和彩旗包围着的天葬台，不用多久，我的身体就被鹰鹫们消化得干干净净。我的魂魄，在这里升向空中，借着鹰鹫的眼睛，俯视大地。也许，在下一个轮回，我就做了寺庙里的喇嘛，也许，我将在草坡放牧牛羊，也许，没有也许。

终于走到了天葬台边，山风吹过，带来一丝丝难闻的腥味，死亡的气息逼近喉咙，使人窒息。我忍不住涌出了热泪。

放心。她突然捏了捏我的手，递过来一片纸巾。

我会留下来，陪你走完最后一程，一直到这里。她指着五颜六色的天葬台，盯住我的眼睛，幽幽地说。

据一则网络新闻，一个牺牲的消防员母亲，六十岁了，经过多方努力，怀孕成功并生下了双胞胎女儿。小说以此为灵感，构思在一次消防抢险中，洪丹桂失去了儿子姚国生，她已经四十八岁，为了给儿子续生，她打算重新再生一个孩子……

发表于《中国作家》2017 年第 6 期

续　生

一

六月上旬的时光了，天气蹿到32摄氏度的高温，洪丹桂的店里，空调还是舍不得打开。一圈四个人，趴在门口支起的麻将桌边。隔壁五金店的老六打着赤膊，肩膀上挂一条灰不溜秋的毛巾，有汗下来就擦一把。靠右边，打字店的军红则文气许多，短袖里面穿着汗背心。家具店的茂哥，五十来岁了，这两年，房地产业放慢了脚步，家具生意也一落千丈，茂哥就常常闲在店里，闲在丹桂洗衣店门前的麻将桌上。

女人洪丹桂和丈夫姚启胜在小镇上开洗衣店多年了，两人都是本地农民，姚家的老人都还是六七十岁的年纪，身子板硬朗，手脚利落，一天到晚，在田地里忙习惯了。洪丹桂就常常闲在店里，不管生意好坏，是忙是空，丹桂都不用挂念田地里的生计。如今，小镇上的人越来越少，年轻人都到城里谋活路。丹桂当初开这家洗衣店，是专门针对镇上开店开厂的老板的，老板们生意忙，洗衣服不太有时间，丹桂挣的就是这个钱。可是，这两年生意不景气，老板们大多也闲在店里，有的关了门回家去了，丹桂也就闲了。这不，就凑成了麻将搭子，每天午睡过后，麻将桌就被拖出来支在门口，一把老电扇立在一边摇啊摇的，这日子一天天悠哉悠哉也就对付过去了。

丹桂手上的牌还不错，眼看着车轮滚滚，就要连七对了，丹桂也就兴奋。快一周打下来了，丹桂从没和过。生意不好，手气也不好，背运。但是，打麻将关键在心态，心态不稳是大忌，丹桂憋了许多天，而今，手气终于风水轮流转，转回来了，丹桂的心乐颠颠的，全神贯注于手上的牌，都没注意有人从背后靠上来。

“丹桂。”有人叫了一声。

“有话等会儿说。”丹桂头都没回。

丹桂最后摸了一个牌，翻起来，果然是“六条”，她将牌一推，人向后一靠，“和了！”顺手就抓起茂哥的烟，准备抽一支塞嘴里。

“洪丹桂。”四个麻将搭子这时才发现，两个穿制服的人跟着一个村里的人，不知什么时候已经在他们身后了。四个人都有些吃惊。穿制服的人看了看他们，不动声色，一脸严肃，也没说什么，欲说又止的样子。大家都看出，有什么事不方便当着大伙儿的面说。老六、军红、茂哥都心领神会，各自散去。丹桂将穿制服的人请到店里，拖过椅子，想倒上开水，被穿制服的人一把拦住了。他们眼神沉重地看着丹桂。

“国生就是皮了些，人不坏！”丹桂想，一定是当消防员的儿子犯什么错误了。

“实在对不起，我们尽了全力抢救，姚国生同志还是牺牲了。”穿制服的人说。

“国生……不会。国生就是调皮些，躲哪儿去了吧，你们找不着吧！他从小鬼。鬼都躲着他！没事……我知道没事！别人不知道国生，我生的，还能不知道，放心吧，过两天，他就冒出来了。我拾掇他，叫他归队！你们回去吧！”洪丹桂“呵呵呵”的，一脸笑意，像个没事人一样。

穿制服的人从口袋里摸出一张纸，展开了，交给丹桂：“会统一安葬在烈士陵园。过两天开追悼会，还请你们参加。”

丹桂接过纸片儿，舌头舔舔牙齿缝里的青菜叶儿，往地上啐了一口，若有所思地看。看了一会儿，还是摇摇头，跟穿制服的人说：“不可能是国生，你们搞错了！瞎子帮我们国生算过，能活八十好几呢！

你们看着好了，过两天就冒出来了。这孩子从小鬼。他八成是逃哪儿躲起来了。你们搞错人了！”

穿制服的人像是侥幸地看了看洪丹桂：“那，我们走了！后天的追悼会，请你们一定参加。”话说完，两人拔脚就溜了。这种时候，最是尴尬，不把事情捅破，让家人沉浸在幻想中，少两天的痛苦也好。

下午，对面食品店的阿旺提了一件衣服过来，丹桂插上电源，用熨斗来来去去压着熨。她一边熨，就抬头朝门外看。小时候，国生经常逃课。学校组织挖地劳动，到三里路远的茶场采茶叶，国生就悄悄溜回来。丹桂问儿子，怎么又回来了。国生说，我胳膊疼，丹桂就说儿子懒，国生就说，出去劳动吃不饱。长身体的时候，吃不饱总是不好的，丹桂也就不说什么了。每逢学校勤工俭学劳动，国生总逃回来。国生后来做了消防员，成公家人了，有一次，也悄悄溜回来过，在家里藏了两天，回去吃了批评。这一次，一定又溜哪儿去了。

生意不好，丹桂在店里懒洋洋地等生意，等了一阵，也就关门回家了。天气热，两个老人从地头回来了，都歇在家里，姚老头躺东屋，姚老太坐在板凳上择菜，准备晚餐。丹桂迈进大门，就向姚老太报告孙子的消息：“国生又吃批评了！”

姚老太平日里总念叨孙子，不由担忧地问：“国生又犯什么事啦？”

丹桂说：“溜了呗！”

姚老太淡淡一笑：“溜得好！什么工作不好找，偏去救火，火是容易救的吗？要是我，早开溜了！这次要吃批评厉害的话，叫他把这工作辞了！找不到，窝家里，也比救火强！”

丹桂做生意，好歹见过些世面，平日里最看不起这家人的没出息，摊上这样的爷娘俩，怪不得儿子只配窝在家里，就是生意人联络感情的麻将搭子，也要丹桂自己出面。姚启胜完完全全就窝在妻子的翅膀下，除了店里的打杂，就是家里田地里打杂，一辈子也就是个打杂的角色。这爷娘俩糊涂了儿子还不够，还要连着糊涂了孙子才甘心。丹桂就是听不惯这样的言论，不由得鼻子哼哼出气。

“窝家里，窝家里，徒子徒孙，世世代代都窝家里，看把姚家人出息的！”丹桂从楼板挑下一挂肉来，拿进厨房，就哗啦啦清洗，抡起板刀，咚咚咚切成一段段，推到锅子里，浇上清水，放下桂皮、茴香。她想，说不定儿子吃饭的时候就回来了，总得烧点肉。

把桌面拾掇干净，启胜帮着丹桂把菜一盘盘端上桌，还照例给自己倒了一点酒。启胜下午出去了，帮村里搞运输的建刚司机卸货，挣点劳力钱。坐下，他就问丹桂：“丹桂，今天国生单位里的人来过了？”

“啊。来过了。”丹桂扒拉一口饭，应了一声。

“什么事？”

“又溜了呗！弄错人了，叫我们去开追悼会！我说他们搞错人了，他们还不信！纸在我袋儿里呢！你看看。”丹桂从袋子里摸出那张纸，交给男人，自己仍旧扒拉着饭。

姚启胜接过那张纸，看了一眼，两眼发黑，人朝后一仰，就摔了过去。姚老头在桌上，一看大叫：“启胜……他妈，不好啦——”姚老太在门口的小竹椅上吃饭，这时也叫了一声：“我的妈呀，启胜！”碗也扔了，赶紧过来扶儿子。丹桂傻站在那里，这种场面，她还从未经历过，启胜从来没晕倒过。

“叫车呀——”姚老头怒气冲冲地对着媳妇吼了一声。丹桂才回过神来，冲出大门，正打算朝建刚司机家跑去，姚老太又喊住了她：“不要急，门口的还魂草拔两株，剁碎了，冲给启胜喝！”

丹桂才想起来，姚老太没别的本事，草药是无师自通的。她赶紧跨出门去，拔了两株。姚启胜属于气急攻心，暂时性休克，经过姚老太一阵掐人中，掐手指，又灌下了还魂草热汤水，他就喘出一口气来。姚启胜一透过气来，张嘴就说：“我要去消防队里看看，我要去看国生！”

“天都黑了！你看看！”丹桂指着门，对启胜说。

“我得去找国生！”姚启胜说。

“我跟你说，说不定等会儿就回来了！你又不是不知道国生，哪一回救火，他勤快了。能躲就躲，能藏就藏。上次吃了批评，差点开除。你又不是不知道。肯定又躲哪儿去啦，等会儿就回来了！”丹桂呱啦呱啦的，喉咙响响亮亮。

“这是你说的？”姚启胜失神地盯着丹桂，像攫住一根救命的绳子。

“是啊……怎么啦？”

“那我们等等看。”

“是啊……不急，我们等等。”

一个晚上，到天亮，国生没有踪影。丹桂起来做了早饭，吃完早饭喊启胜，启胜还躺在床上，他说，他就躺着等。丹桂吃完饭，就去开店门了。

没什么生意，丹桂就溜达到门口，经过一个似乎从县里回来的人，她就上前去问：“见过我家国生么？”

人家问，“你家国生怎么啦？”

“溜了，救火溜了。”

人家就笑，“国生从小见要劳动就逃，这样的人怎么能指望救火。”

丹桂就冷了脸，反问人家：“眼红啊，见不得姚家出个公家人啊。”

直到下午，一辆车上下来三个人，看那车，似乎是什么大院里的车，丹桂仍然上前问，那个人回问了一句：“国生……姚国生？”

“是啊。姚国生。”

“公告上好像见过……是救火英雄吧！”

“他是救火的……我偷告你一声，不要说出去哈，他溜了。你见过他没有，就是这照片上的！”丹桂摸出照片给那人看。那人凝神看了照片，摇了摇头，又看了丹桂一眼，面露担忧的神色。

丹桂一脸失望。

晚上，一家人吃饭，国生还是没回来。丹桂马马虎虎地只吃了一碗，启胜匆匆扒拉了两口，爷娘俩也不再说话。启胜说：“明天就去单位里看一看。”

丹桂点点头：“头班车六点一刻。”

二

七点半，一家四口等在县消防大队门口，大门还没有开。上班八点半，还有一个小时。一家人就在马路边的人行道上坐了下来。马路上飘荡着汽油味，姚老太闻了一鼻子，觉得太臭了，有些反胃。丹桂说，她去看看旁边有没有早餐摊，买些早饭回来。丹桂穿过大街，到对面的巷道里，眼泪就刷刷下来了，她扯起袖子，一直擦，可是泪就是不停。

“国生啊，你这个调皮蛋，让妈找到，可捶死你！”她嘟嘟囔囔着，走到菜场旁边的早餐摊去。买了几个包子蛋卷，再匆匆地走回去。

接待他们的是王教导。王教导一听他们是来找人的，觉得非常愕然。他不安地叫来姚国生的同伴，请他描述当时姚国生救火牺牲的过程。他在门外交代那个消防员，务必讲得简单一些，只消把已经牺牲的事实传达清楚就可以了。王教导大概觉得正在做一件残忍的事，他咬着牙齿，在门外待了很久。

同伴把故事讲完了。王教导又让办公室拿来了遗物。丹桂还是不能相信。“不会，烧死的不会是国生。人烧焦看不清楚，救火的时候，谁能看清谁，这些东西又不是从国生身上扒下来的，国生这孩子洋气，手指上套个戒指，还是我给他打的呢，这堆东西里面没见着啊。国生一定离这里不远，躲着呢，会回来的。我们就在这里等。”

王教导觉得棘手了。王教导叫办公室内勤在附近的旅馆订两间房，安顿好这一家。明天就是追悼会了，正好也是要邀请他们出席的。参加完追悼会，他们就该清楚了。

追悼会于第二天下午两点召开，在单位的大会堂里。鲜花篮、罗汉松点缀，花圈挤成长长的两排，哀乐响起，庄严肃穆。三个战士的黑白巨幅照片被悬挂在背景墙上，中间那个就是姚国生。两个老人没参加，王教导的旨意，让他们待在宾馆里，年纪大了，怕经不住。洪丹桂和姚启胜被邀请站在前排。启胜精神垮了，脚有些站不稳，丹桂一直扶着他。丹桂在他耳边悄声嘱咐："可别给孩子丢脸。"启胜就僵在那里。领导走近了，丹桂不管三七二十一，上前就跟领导大声说："领导，我有一个要求，我儿子姚国生要是没死的话，他回来了，你们可不能开除他！"王教导赶紧到前面来为领导解围。领导一脸沉重地看了看洪丹桂，握住她的手，温和地说："感谢你们培养了姚国生同志！"

戒指是在殡仪馆找到的。当时，人完全烧焦了，也就没注意从身上取下了什么。这枚戒指也被高温熔化了，已经变形。但清洗干净，指环里依稀还能辨认凹下去的阴文。洪丹桂拿起戒指，就翻到指环里面看，依稀能认出一个扁扁斜斜的"国"字。

洪丹桂两眼一翻，倒了过去。

躺在县城最好的医院里，洪丹桂醒来，自顾垂泪。国生虽然不喜欢劳动，总是偷懒，但从小成绩不错。其他方面，也没怎么让洪丹桂操过心。洪丹桂仿佛突然把姚国生带大了，等姚国生像一根竹竿儿插在洪丹桂面前，洪丹桂才意识到，自己这个做母亲的其实责任还尽得不够。姚国生初中就住学校，在家待的日子少，洪丹桂真没怎么给儿子好好做过一顿饭，都是有啥吃啥。

姚国生今年二十六岁，正是女朋友要带进门的时候，可是，从小到大，姚国生一个生日也没享受过。家里人的生活习惯都粗粗拉拉的，姚老太说，孩子要贱养，贱养的命大，启胜说，男孩子不能惯，惯了娇贵，丹桂听着也觉得有道理。

初二那年，孩子长身体，夜里总是饿，有一个晚上，偷偷溜回来，洪丹桂就烧了一些鱼汤给他喝。大概因为饿极了，孩子说，这可是他吃过的最鲜美的东西了。洪丹桂烧了一罐子鱼干让他带回去，一个星期后，孩子回家才说，罐子浸在脸盆的冷水里，脸盆放地上，鱼干让狗给吃了！洪丹桂忙着照料店，忙着生意，都没想着再给他烧一罐带过去。想到这里，洪丹桂咬着自己的手指，怕自己的嘴又忍不住号啕起来。

儿子，多可怜啊！都是听信了那瞎子的话，不是好端端说能活到八十好几的嘛！谁知道是这样的寿年，谁知道他们母子之间只有这点缘分，要早知道这样，她洪丹桂还能不天天守在家里，一日三顿地伺候儿子！这么年纪轻轻的汉子，怎能说没就没了呢！

洪丹桂又想起来，国生那时候还是小不点，带他出去，他总是以妈妈为荣。洪丹桂在镇上开着一家衣服店，身上总是新衣不断，自己也还是个新媳妇，还没有变成皮肤粗粝的乡下阿嫂。看看自己，这些年，尤其是这十年来，生意没做好，身上也懒得收拾，都混成什么模样了啊，不是麻将就是抽烟，真给孩子丢脸啊！怪不得孩子回来得也少了，女朋友谈得怎么样，也从不跟家里说。她这个妈有多少心思放在儿子身上，真没脸说啊！

夜，丹桂将一个巫婆送的装着国生魂魄的瓶子放床头。

三

洪丹桂今年四十八岁了，二十一岁嫁给姚启胜，二十二岁生下姚国生，姚启胜五十二了，比丹桂大四岁。洪丹桂知道，再过两年，就要绝经了，再生孩子，根本不可能了。她不知道启胜的情况怎样，两人分床睡已经很多年，而今，叫启胜再搬到一张床上来，心里却隐隐地担忧，这个年纪生出的孩子，比得上国生那般聪明体力好吗。她想，自己的身体，自己是知道的，启胜到底怎么样，她没多少把握，她得先把启胜的身体养好。她也不叫启胜去地里了，也不让他再去给人卸货了，一天三顿，洪丹桂早上烧红枣鸡蛋，中午烧老母鸡，晚上炖龟汤给启胜，像照顾产妇娘一样。姚老头拿出了私房钱，上镇上给启胜买了海狗丸。姚老太也到处找壮阳的草药，晒干了，切成碎片泡茶给儿子喝。一家人齐心协力，希望能再生一个孙子。

姚启胜说，自己都快变牲口了，这种干法，跟年轻时候不一样。年轻时，血气方刚，男女碰在一起，是自然的产物。而如今，奔着任务而去，毕竟力不从心了。可不管怎么样，这任务还是要完成的。丹桂从医院领了测试纸，每天测，就是没动静。

几个月过去了，天已经寒了，棉袄都上身了，转眼过了年，丹桂就四十九了。晚上，丹桂望着窗口薄凉的月，巫婆送的装着国生魂魄的小瓶子，只痴痴地看，痴痴地想。她自言自语道："国生啊，求你了，莫要贪玩，早点回来吧。"

一个半月过去，转眼就挨近年关了。要在平时，腊月二十四，是过小年的时候，门前田畈的小路上，下午就能看见国生的身影了。乡下的公家人少，穿制服的公家人更少。国生那一身国家发的衣裳，罩在身上，别提多英俊多威武了。国生还没当公家人的时候，村里婆姨们都没觉得洪丹桂有什么与众不同，待国生成了公家人，村里的人见着洪丹桂，那都换了一张面孔，变得恭恭敬敬、客客气气的了。就是建刚师父，以前拉货，从来不叫姚启胜，自从国生进了县城的消防队，每次拉货，都必定叫上启胜，赚几块辛苦钱。家里有公家人就是不一样，倒不是贪图几块钱，人家会格外高看一眼，不敢什么事没高没低就欺负到门上来。国生走了，一家人闭着门过日子，建刚偶然也还叫启胜，那口气毕竟不一样了。启胜爱惜着身体再生儿子，也拒绝了几次，后来建刚就没了电话。那些爱嚼舌头，不怎么正经的人家甚至都避着姚家了，宅屋不吉利，有妖怪啊，才沾上白发人送黑发人的晦气，谁愿意惹一身晦气呢！这些都不用管它，要紧的是姚家断了后，一定要把这根弦再续上。

除夕夜，一家人坐在八仙桌边吃饭。往年，这时候，国生必然是给爷爷、爸爸上酒，先站起来敬酒，洪丹桂就开始问谈女朋友的事。

国生是村里数一数二的人才，这女朋友自然不能马虎，好歹也要个公家人才行。洪丹桂就稀罕这公家人的身份。去年除夕，姚老头交待孙子，今年一定得把女朋友带上门，大家定夺一下，二十七岁也该成家了。洪丹桂年后就专程去县城买了金戒指、金耳环、金项链，候着女朋友上门作为见面礼。姚家虽是农户，开店经营多年也有一点积蓄，农村女孩看人家，准备两套新衣作礼物也很体面了，而国生带回来的可是县城里的公家人，这礼数就得按城里的规矩。洪丹桂早打听过了，金戒指、金项链、金耳环，三金拿出去，一点不寒碜，撑得起国生的面子。而今，三金还在衣柜里，人没了。人没了，万事成空。怪不得都说多子多福。洪丹桂给自己也倒了一碗米酒，喝，她给姚老头先敬："媳妇向姚家赔罪，儿子没看好，我一定把姚家的命根续上！二老放心！媳妇没别的本事，下半生拼了全身的命，也得把生儿子的本事练到家！喝！今儿过年，大家高兴，高高兴兴过个年！明年等着姚家的孙掉下来！"

洪丹桂抹了一把泪，姚老头也擦了一把泪："没啥说的，这都是命，不怪你，姚家不会断后，一定不会断后！"

渐渐的，天气暖和起来，已经春上了。洪丹桂要生儿子的事情，全村都知道了。一天，洪丹桂在井上洗衣服，建刚师父的老婆偷偷地挨过来，低着声音问："丹桂，还没怀上？到医院检查一下吧！"

"我身体一向好，医生说我没问题。"洪丹桂难堪地说。

"那，你家启胜呢？偷着跟你说吧，建刚说，有一次卸货，你家启胜没注意，滑了脚，从车上摔下来，那个地方被下面的货撞着了，启胜当时痛得哇哇叫，建刚忙着，后来也没问他那儿有事没有。"建刚老婆挤眉弄眼地说。

"那是什么时候，没听他说过。"洪丹桂觉得吃惊。

"算来有五六年了吧！"

洪丹桂心里又一惊，这可不是启胜提出分床睡的时候吗？五六年前的一天，启胜莫名其妙就提出来分床睡，洪丹桂才四十挂零，人家说，三十狼四十虎，正是时候。洪丹桂都想不通，但启胜就是不说话。洪丹桂熬了很久，才慢慢适应这样的生活。

端着一脸盆衣服回来，洪丹桂心里七上八下就闹开了。叫启胜去医院检查，他去不去呢。倘若查出来，启胜知道自己再也生不出儿子，老头老太一知道，姚家再也不可能有后了，两个老人能承受得住吗？启胜能承受得住吗？自己再想生个儿子的愿望是不是就会泡汤？洪丹桂将衣服一件件晾上竹竿，心里就盘算，不管怎么样，她都得要个儿子。

而且，得是启胜的。

一大清早，洪丹桂提着旅行袋出发了。启胜问到哪里去，丹桂说，上妹妹家住几天。丹桂的妹妹嫁得远，年轻时候出去打工，就嫁在外面，在广东。启胜不放心，一定要陪她一起去，洪丹桂说，妹妹的日子不好过，房子小，伙食贵，多一个人多一层麻烦。启胜就送她到车站，看着丹桂上了车，又嘱咐一句："有事打电话，千万别想不开啊！"丹桂挤出一个笑脸来，和他挥了手。

洪丹桂这是去省城。她电视上看到省城有不孕不育医院，她得请教专家。她从来没去过省城，但这难不倒洪丹桂。就像当年，姚家人从没开过店，而洪丹桂一嫁到姚家，就开起了店，撑起了姚家的门面。现在，她就像前世欠着姚家一大笔债一样，得继续把姚家的门面撑起来。

省城，洪丹桂这一生是一定要去的。省城的湖，天下闻名，国生曾说过，放假要带他们去看一看，可国生总是忙。而今，洪丹桂就自己去看。丹桂念过几年书，出门不是睁眼瞎，走哪儿她都不怕。汽车这么一摇一晃，到县城又转了车，直到下午五点，车"呼"地一声，吐出一口气，歇在一个水泥地面的院子里了。丹桂从车上下来，先上厕所，再到候车厅，从包里翻出一张纸片，问那戴红袖套的，这家"红玫瑰不孕不育医院"在哪里。

四

“红玫瑰不孕不育医院”就在火车站附近。诊断室，一个戴眼镜，五十来岁的女医生看了一眼洪丹桂，就咕哝开了：“生孩子是两个人的事，你男人怎么不来一起检查？”

医生一边开单子，一边说：“你先做个检查吧！”

丹桂生活在乡下，很少上医院，尤其怕上妇科。一上那张半仰着的铁架床，心里就发毛。但是，洪丹桂觉得自己像头老母猪，被抬上炙烤架了，不上也得上。一通忙完，又抽血化验，就在大厅里等结果。医生看了检查的结果，目光滑过镜片，看着洪丹桂说：“怀孕没问题，就是子宫肌瘤有四公分了，得割掉。”

洪丹桂舒了一口气，想起此行的主要目的，说：“我男人那里受过伤……”

“受过伤？影响到性生活？”

“是的。”

“那可以人工怀孕。再不行，可以做试管婴儿。”

“哦。”洪丹桂悬着的心落下来了。

“带你男人来检查一下吧！”

丹桂给启胜挂了电话，启胜在急诊室的注射室里找到丹桂已是夜晚。丹桂听说人工怀孕很贵，有的从前到后要花上几万块，就在注射室的空椅子上挨一宿，能节省几块也好。启胜不甘心在附近几条街找旅馆，没有下三百的，这都晚上十点了，熬几个小时，一宿也就过去了，确实犯不着，就在旁边的椅子上陪着丹桂过了一晚。

第二天，丹桂就动了手术，启胜做检查。躺在手术台上，丹桂眼前一黑就差点晕了过去。丹桂想起年轻时候，在国生之前，自己和启胜怀过两个娃，头一个，还没结婚，让大家知道了怕人笑话，就先拿掉了。第二个，怀的时候，丹桂推算了一下，那段时间，启胜老喝酒，丹桂怕生下来，孩子的脑袋不好，丹桂自己去偷偷摸摸拿掉的。丹桂想，现在，农村的孩子也少了，要是男娃，只能生一个，不管怎么着，不能生个有缺陷的。丹桂虽然也只读了几年书，也晓得优生的道理。计划生育在农村开展得如火如荼，优生优育的知识，就是傻瓜，脑子里也塞进了一点。丹桂拿掉了第二个孩子，就跟启胜约法三章，你这酒得戒了，滴酒不沾，我才有胆儿跟你生孩子。启胜习惯养成了，戒不掉，丹桂想了个法子，趁发煤饼炉的时候，揪起启胜的耳朵，将他的头按在火炉上，启胜鼻子、眼睛都被烟呛得难受，眼泪、鼻涕一大把一大把的，连声喊饶，丹桂才放过了他。启胜要喝酒的时候，丹桂就抛一袋零食给他，这样，启胜才渐渐将酒给戒了。国生生下来，个子像启胜，高高的，眉眼像丹桂，粗粗大大的，看着帅，看着俊。丹桂看着他长大，一天天，看在眼里，喜在心里。

手术室挂着蓝色的百叶窗，让人感到清冷无聊。丹桂想起村里的莫姨，一辈子生了十个孩子，那时候，生孩子可没现在这么多穷讲究，难保不也生什么小肌瘤之类的，可不都生得好好的，现在科学发达了，生孩子如临大敌，身体上长一根汗毛似乎都能阻止娃掉下来，这里割，那里照，弄得人挺不舒服的。女人们的说法，长了肌瘤，月经量会大一些，就是这么个原因影响怀娃了，丹桂想，要真是这样就好了。

丹桂还是担心启胜，不知道检查出来怎么样。医生说，性功能障碍没问题，只要精子的质量好，甚至可以通过穿刺提取。即使查出来质量不好，也可以做治疗。关键的是女人，输卵管有无堵塞啦，卵巢情况啦，都会影响生育。这是什么逻辑，仿佛孩子生不出来，主要的责任在女人身上似的。

启胜检测了常规精液质量，精子浓度、精子活力、精子存活率、精子形态、炎症感染等。检测的结果，精子的活性程度很低。启胜既没有前列腺炎，也没有精囊炎，也不抽烟，不知道为什么精子活性程度这样低。医生帮姚启胜做了生殖系彩超，以便确定治疗方案，配了两个疗程的生精片，让启胜药吃完再过来检查。

丹桂抽了血，又做了B超，医生说，等伤口好一点，来打激素针，促进排卵。丹桂这个年纪了，接近绝经了，心里急，不知道启胜吃了生精片，效果怎么样。四十五岁以上，卵巢逐渐老化，即使胚胎成功，是不是能提供十月怀胎的营养，还很难说。

家里两个老人得有人照顾，先回吧！洪丹桂和姚启胜也就坐下午的车回去了。汽车在马路上颠簸，丹桂的心思飘了开去。大半年了，启胜的身体要是好的话，也早该怀上了。在医院里忙活了大半天，又是抽血，又是挨刀，最后，就忙活回了两包药。这药要是仙丹呢，还可透一口气。要是吃了毫无效果，那就白耗工夫了。

如果白耗工夫，那可咋办呢？洪丹桂对姚启胜的身体真是缺乏信心。要是姚家的后断了，自己就偷偷地跟人家生个孩子，那会怎么样呢？坐在中巴车皮凳上，洪丹桂悄悄地问自己。可是，自己能跟谁生呢？孩子长大了，万一让启胜知道了，会怎样呢？洪丹桂一想，眼泪又下来了。

丹桂这样一想，才觉得自己回乡是太早了。城里的路数，她还没摸清楚。不管姚启胜行不行，她的身体、年龄，可是等不及了。假如启胜吃了生精药，还是不行，那自己可怎么办？不管怎么说，抓住时间，生个娃，对自己，对姚家可是太重要了！

夜晚，洪丹桂窝在床上，回想自己的人生，觉得实在是太单调了。生命里，除了父亲和姚启胜两个男人，就没有其他男人出现过。洪丹桂后悔自己结婚太早，碰上姚启胜就结婚了。一辈子老老实实伺候丈夫公婆，也没趁年轻的时候找个相好。如果有个相好，那生个孩子还不是容易的事。可是，年轻貌美的时候，都不曾找过，如今已经老得像猪一样了，还有谁能看上。

洪丹桂一想，觉得自己的人生真亏，这是怎么了，就这样不如意，不由又淌了一阵眼泪。洪丹桂想起家具店的茂哥，似乎对自己有好感，打麻将手臂挨着手臂，曾经也触碰到几次，要不找茂哥试试。一想，又摇头,离得太近了,孩子大了,是谁的种就会像谁,这一点马虎不得。

五

在家里待了一个星期，洪丹桂觉得身体康复了，就着急着要去打激素针了。姚启胜的生精片吃了才一个疗程，医生说，要吃完两个疗程，再去医院检查。洪丹桂就耐心地等。她问姚启胜，身体有什么反应，姚启胜说没什么反应，洪丹桂的心里就七上八下的。

姚启胜停了外面所有的活计，建刚来叫，姚启胜都回绝了。他现在就是一个大熊猫，全家保护着。早上的鸡蛋红枣，姚启胜都吃得要吐了。每天早晨，姚老头在饭桌上深深地看一眼姚启胜，又默不作声，叹一口气。姚启胜后悔当年不带着洪丹桂逃出去再生一个。当时，想，洪丹桂可真是能干，一来就给姚家添了孙子，有了孙子，姚老头干活都特别带劲儿。孙子大了，长得又高又大，给姚家撑门面了，姚老头心里那个高兴啊！现在，姚老头对儿子的愿望不再那么强烈了，他想，只要有个人就行，孙女儿也行，书读不好，活干不好都行，只要有棵苗，种在姚家的荒地里就行。

洪丹桂在洗衣店里,茫茫地看着街面,总觉得街面比以前空旷了。以前，每到周末的傍晚，街面上就会走来一个人。洪丹桂看到那个人影，心里就有了着落。而今，洪丹桂也渐渐麻木了，适应了。那个人不再出现，洪丹桂也不再像那会儿，一根筋吊着回不过神来了。洪丹桂现在看着街面，眼睛会发花，一睁眼，看到一个娃站在门口，再看一眼，又没了影儿。

无聊的时候，洪丹桂给亲戚们打电话。以前，洪丹桂忙忙碌碌，心里不担事儿，没曾想到这么多亲戚，这会儿，心里老是空落落的，就想着找人聊。洪丹桂的妹妹在广东，不知道生活得怎么样了。广东远，长途电话贵。可是，这种心思说给谁听呢？姊妹之间，最体己。洪丹桂拿起电话，就拨到了广东。

“生不出孩子？这算啥事儿啊？”洪丹桂妹妹听了，就劝慰姐姐。“这，在当前不算事儿。偷偷到广东生孩子的，可多了！”

“还有偷生孩子的？”

“是啊，我也是听说的，姐夫身体确实不行的话，广东有地下供精库，我帮你打听打听。”

“地下供精？”

“是啊，听说，还挺方便的。”

洪丹桂的心里又宽慰了一些。不管怎么着，只要自己的子宫卵巢没问题，看来要个孩子不是不可能的事。要不，什么时候到妹妹那里去一趟，也了解了解行情再说。她得把大龄生育的各种可能性打听个清清楚楚。岁月催人老，时间不等人呀！

姚启胜将两个疗程的生精片都吃完了，洪丹桂就迫不及待带着他奔往省城去了。洪丹桂打完了激素针，顿时觉得肚子有点小胀。医生跟她说，身体会稍稍有些反应，她没想到老都老了，身体还这么敏感。洪丹桂问医生，姚启胜的精子质量有没有好一些，医生说，中西医结合再治疗一段时间吧！于是，配了一大包中药带了回来。

洪丹桂想起医生的话，现在科技进步了，即使姚启胜的精子不行，可以通过省妇保到供精库去申请。洪丹桂这样想着，内心又觉得宽慰了一点。

供精库就设在计划生育科学技术研究所，医院确诊无精症的情况下，夫妻俩一起申请，医院可以向所里申请。洪丹桂从医生那里了解清楚了。可是，这是一个秘密，姚启胜的精子到底如何，如果老检查，也查不出个结果，也查不出个希望，那怎么办呢？

回来的车上，洪丹桂就想跟姚启胜谈申请供精的事情。洪丹桂四十八岁了，五十岁一绝经，生出个孩子也是歪瓜烂枣，先天的营养不全了。可是，洪丹桂开不了口。申请供精，那也就是说，孩子是人家的，不是他姚家的，既然不是姚家的，那对于姚家来说，生跟不生有什么区别呢？眼睁睁看着一个不是自己的孩子长大，对姚家的人来说，是一种残酷的体验吧！这件事，千万得慎重。申请供精，要夫妻俩一致同意，姚启胜会同意么，当然，也是会同意的，但姚家的老人怎么看，在他们的眼里，只要不是姚家的种，那就相当于断了后。洪丹桂太了解农村生娃的章程了。不管怎么说，她这个媳妇是要给姚家带来希望的，她得帮姚家把根续上，至少，要让姚家以为确实把根续上了。那么，跟姚启胜商量申请供精，就千万不可。姚启胜的脑瓜里想什么，她太了解了。一个不是自己的孩子，无非给姚家带来一点生趣罢了，可，那三颗心，是凉的。这种日子，怎么也比不上国生在的时候了。国生，那就是永远地走了。永远地不再回来了。没有人可以代替国生了。洪丹桂一想到国生，眼泪又下来了。可是，这不是哭的时候呢！

“做过治疗的都能生出孩子吗？”洪丹桂问妹妹，妹妹现在已经成了妇产专家了。是的，也有生不出来的，生不出就是生不出，生孩子也是讲时辰的，过了季节，就再也结不出果了。

“有的治疗一年，两年，也没个结果。有些人，就是无精症，怎么也治不好。”妹妹在电话里说。

“医生说，无精症也可以吃生精片，加上营养和锻炼，调理调理，就会好的！”

“医生总是这么说的。一般是会调理好的。姐夫身体应该还可以啊！”

“中药吃了三个月了！”

六

三个月过去了。姚启胜的精子质量好了一些，但离怀孕还有距离。洪丹桂在洗衣店里，给妹妹的电话一通接一通，拿起电话就是眼泪。国生走了，家里空荡荡的，四个大人，平时各忙各的，家里连个声音也没有。老人唉声叹气，姚启胜也仿佛认命了，喝药的时候都赌着气似的。洪丹桂想，如果姚启胜老是药都喝不好，不知道会不会转变观念，两个人一起去申请供精算了。但洪丹桂知道这个决定对姚家的残酷性。不管怎么样，她都开不了口。她得让姚家的人幸福。

姚启胜的身体状况仿佛在一日日好起来，他现在跑步成习惯了，每天不在马路上跑上几圈就难受，医生说，再努力一段时间，精子的质量就能达到怀孕标准，让洪丹桂和姚启胜高兴得很。姚启胜的心里暖融融的，增添了很多信心。姚老头听了最高兴，一边吃饭，一边拍着大腿，说，“姚家怎么会断后呢，这是不可能的事！姚家祖上历朝历代男丁兴旺！启胜，你身体好，生个双胞胎，最好！”说得姚老太阴沉的脸上又一次有了笑容。

晚上，瞅着姚启胜到井上担水去了，洪丹桂从床头拿出了小瓶子，拜了两拜：“国生，娘求你了，娘这一生就求你这一回了，回来投个胎，帮帮你娘，你爸，你爷奶！帮着大伙儿把命续下去！”

十个月后的一个夜晚，洪丹桂做了一个梦，国生还小，独自站在小瀑布下玩耍，水流哗啦啦地，清澈响亮，两边的岩石湿漉漉的，泛出光亮，洪丹桂叫了一声，“国生，我们回家了！”她走过去，抱起了儿子。

第二天下午，洪丹桂生下了一个儿子，取名“姚国生”。做完产妇娘，洪丹桂出门立在街上的时候，路过的人问她，孩子几个月了，她就抬起一张笑脸说：“二十八岁零三个月。”

小说取材于新世纪初城市化运动中发生的日常故事。我买了一套房子，这时候正遇上农民工堂哥的死亡，我打电话给母亲和弟弟去殡仪馆告别，他们都没有参加。中国在大规模城市化进程的同时，城市人群的心灵也被不同程度的异化，冷漠的人情关系，使堂哥的死，成为我思索人生意义的起点，想起单身这么多年，以前的女朋友可好，我第一次招来妓女，以生命的激情驱遣对死亡的恐惧。经过对人生意义的思考，最后，我决定帮堂哥抚养他的孩子，并来一次去班公错的旅行，班公错，是主人公心目中尚未被商品经济大潮污染的纯净的梦想之乡……

发表于《青年作家》2012 年第 11 期

班公错的鱼会唱歌

一

门打开了。

钥匙拿在手上，涩涩的凉，虽然是夏天。插进锁孔，向左稍稍一转，就打开了。

空荡荡的屋子，崭新的。四壁刷着乳胶漆，浅浅的橙色。地板是单调的赭黄，忘了建造商承诺哪个牌子了，反正是大众名牌。客厅顶上装着射灯，三个，醒目地排成一行，等距离，凸出在石膏线下面，按下开关，屋顶幻成了暧昧的玫红。德意牌橱柜，冷灰色，配上蜡白的大理石台面。卫生间里是“ARROW”洁具，反射着说不清楚的乏味的白光。

物管公司工作人员就在身边。我打开水龙头，那样子就像商店橱窗里的摆设，看上去好像不会真有水出来，然而，“唰——”水声就在眼前了，手是湿的。

墙脚线与地板间漏着两道缝隙，油烟机的螺丝没有拧紧，连上电源，突突突只管发出声音。下水管，用的是“S”型，不够牢固。卫生间折叠门上的橡皮缝要滑下来。

有些小毛病，希望能再整修一下。我在物业表格上填着记录。

大玻璃窗户外面是露台，八月的太阳落在水泥台面上，反射到窗户里来，在闷热的空气里让人倍觉清冷。

走廊通到露台，很空旷，站在上面，秋天可以吹风，冬天可以晒太阳。春天，在露台上搬一张躺椅，眯缝大半天，翻翻《国家地理》之类的，想睡觉就合在脸上。两年前，拿着售楼书的时候，曾经这样想。

露台上已安装起不锈钢栅栏，通向窗口的露台全被封死了。人高马大的或许可以跨过去，还有处心积虑的贼，自然也可以轻松越过。所以，栅栏对付的是作为主人的业主自己。这样，实际可以利用的露台小了很多。本来打算在露台上种几株树，制造一点绿意盎然的景观，看来也不能。办法还是有的，爬窗翻过栅栏，像贼一样。

我想象自己像贼一样在自家窗户上翻起翻落，觉得新鲜好玩，然而我笑不出来。我笑不出来，不是因为嫌生活麻烦，而是产生了一种更深远的担忧。在窗户上娴熟地翻起翻落，在邻居的眼里，就是贼。

露台四周，都是一些大板材，用铁片、铁索、枪钉、支架等固定住。之前站在楼下，抬头往上看，花花绿绿的广告，挺好看的，没想上来一看，好煞风景。几个工人蹲在角落里，电焊枪吱啦吱拉发出声音。

露台外面，是天空。

看了一会儿，觉得疲倦。顺着楼道走回去。是哪一间呢，都是一样的门，生亮威猛的铁将军，在夏天的灼热里，嗅得到冰冷的气息。一间门敞开着，主人也在里面，像我一样翻箱倒柜，找毛病。

一百万，连带交房领钥匙新添的一万多费用。就这，还是便宜的。在售楼部掏钱的时候，是心急火燎抢着付的。如果拿着这笔钱周游世界，大概能把地球跑掉一个角。记得读小学，老师问长大了做什么，做什么，这还不简单，玩儿！小时候玩小的，长大了就玩大的，其中，就包括周游世界。

可是，人越大，心却越小，知道读书首先不是用来实现理想的，把全国、全世界的地图看下来，也不是为了周游全国，遨游世界的。你知道夏威夷、维苏威又怎样，你有钱去吗？大多数人学习夏威夷、维苏威只是拿来做梦、吹牛和挣钱的。明白这个道理，心就渐渐变小了。两年前，满世界跑的野心又变成了这套房子。没房子会怎样呢。

像一个现代野人，出没于水泥森林，从这个洞窟钻进，那个洞窟钻出。虽然同样受淋漓之苦，原始野人大抵很快乐，而没有居所的现代人，是灵魂疲惫的流浪者。

但这房子怎么看，都不像是我的。

二

城市边郊的马路口子没什么车，红绿灯徒然地闪烁。我将车停在斑马线内，皱眉望着空荡荡的马路。

手机铃声突然响起，是一个陌生号码。

“喂——，是哥吗？”女子嗓音柔媚，听起来有些焦急。

哥。喊我哥的人实在太多，搞得清哪一个呢。

“名字？”我的脑子在美女地图上大范围搜索。

“我是喜喜。”

哦，原来，是喜喜。有个堂妹，从内地嫁出来，在城郊开一爿理发店。好像过年的时候，还上门过，带着她的老公，一个木匠，獐头鼠目，一看就让人不痛快——鲜花插在牛粪上。

“我哥要死了，你能来医院吗？”

大白天，有人要死了。我抬头看了看天，怎么也不像要死人的天啊。谁要死了？她哥，谁的哥？

我想起那个哥来了。过年的时候，坐在她老公边上，模样威猛，端庄魁梧，脸膛发红，像个关羽，说是我素未谋面的堂弟。是他要死了，不可能吧。

医院在北部城郊的山脚。拐过大门向左，是一条水泥通道，再朝山坡直走，两边都是柏树。医院搞得跟墓地似的。白大褂医生走来走去，像朵朵蝴蝶在墓地里穿行。不管怎么说，死亡是件不吉利的事，传说乌鸦两千米之外都能闻到死尸的气味，人的感觉也是很灵异的。我还没进门就感觉到了。

太平间像一个地下车库，上面是绿色的绒草，八月的阳光里，鲜亮碧绿，意气风发，茂盛得得意洋洋。门对着通往医院大门的斜坡，一线之间，生死两境界。

从拱形的门洞进去，水泥地面潮乎乎的。但是，墙面崭新，一看就知道新建不久。尸体躺在推车上，遮着一块白中带黄的污浊的裹尸布。脚趾黑黑的，翘起在外面。停尸间靠近门口，二十平米的样子，就堂弟一辆推车在里面，显得空空落落。

喜喜在一边，神色凝重。她老公看到我，没迎上来反而缩到一边去。

“已经给火葬场打过电话了。车一刻钟就到。”我安慰她。

“哪里的火葬场？”

“城西。”

“一个星期前还好好的，谁想得到呢。”

“一个星期。”

“是啊。天刚刚热起来的时候，他就上了一次医院。医生说他心脏不好，要他注意。住了两个星期，他一定要出院。”

“心脏病？他人高马大，很健康啊，怎么有心脏病？”

“是啊，他在老家好好的，那么多田地都是一个人种，出来才一年，就查出心脏病。我猜是天热，他跟嫂子两个人又没什么收入，吃得不好，住得不好，得了急病。”

喜喜一边絮叨，一边叹息。对于这个记忆里只见过一面的堂弟的死，我的心里既谈不上悲伤，也谈不上无动于衷。

我认真地听喜喜讲，一边留意那位尖嘴猴腮的妹夫的反应。他看到我好像突然轻松起来，一副石头落地的样子。

一边琢磨妹夫的脸，我又一边拿起电话，打给妈。作为亲戚们在这个城市的依靠，她是年龄最大的长辈，这种场合，理应出面以示关心，借此收获亲友的尊敬。

妈的声音很游移：“要死了！”这是她的口头禅，“这么年轻……”

她的意思是这么年轻就死了，按老家的说法，年轻轻就死去的人是前世的讨债鬼，上辈子的孽未还清，这辈子来索要的。所以，她的声音听起来倒不是可惜，而是厌恶。

电话捏在手里冰凉冰凉的。“可是……妈，你大概还是要去一下。火葬场，送一送。”

“晦气。”

妈的意思，是说火葬场这样的地方不吉利，晦气重，不仅是死了人很晦气的意思。我也明白，年纪越大，胆子越小，最怕的就是死。去火葬场这种阴气重的地方，很怕阳气被吸走，沾染什么龌龊不干净的东西，把性命索了去。

“也没什么，最多就是个把钟头吧，你就待在外面好了。毕竟，说起来，这里的长辈就你一个，以后亲戚见了面，也有个交待。”

好不容易说动妈，又想起弟弟。弟弟在衙门里做个不大不小的官，有他的招呼，这位堂弟少不了会走得体面一些，殡仪馆的工作会到位一些。只是这两年，逢年过节 咱兄弟俩都基本碰不到面了。人家年三十都忙，越是节假日，越忙。妈妈虽然嘴里少不了唠叨，心里却高兴。这也是，现在，一过年，邻居都上门拍马屁了。

一提给弟弟打电话，妈妈就声音高八度数落起来：“我看你真是拎不清！这种事情，你好意思烦劳你弟弟吗？他就小时候见过一面，现在，你好意思让他出面吗？”

不管怎么说，弟弟现在就是我们家的招牌。弟弟从小备受妈妈的爱护，妈妈像老牛护犊一样看着他，爸爸临终的时候，都故意支开他，没让他沾一点死亡气。我怎么就忘了呢。而且，妈妈的语气里，弟弟现在的身份地位不一样了，仿佛不应该为这位农村堂弟操心似的。我居然试图将这样两个人牵扯到一起，自然是“拎不清”了。

挂掉电话，发现身边两个活着的人正看着我。

“哦，我妈等会儿会过去。”我像是给两人一个交代似的，莫名其妙地松了口气。

运尸车来了，像一个小型洒水车。前面是车座，像桑塔纳小轿车的前半部分，后面是穹窿型的圆拱体装尸房。司机将车倒进来，拱形屁股对着太平间。他跳下来，掀开车屁股，露出一米见宽的黑森森的扁状的圆洞。洞的铁壁锈迹斑斑，渗着污水，湿漉漉，臭烘烘的，与垃圾罐装车没什么区别。

尸体被推了出来，送到洞口，对准了，司机熟练地往里一塞，门“啪”地合上了。不晓得运尸时间长了是什么感觉，大概任何感觉都会消失。司机的动作相当麻利，争分夺秒，一副拼死拼活的样子。

堂弟就要去天堂起点车站了。这辆长途车将把他送到车站，现在，他就窝在一米宽的门洞里，开始他的漫漫之旅。

三

将堂弟送上运尸车，跟妹夫交待完到火葬场该办的手续。因为还有一点事，我跟喜喜说，处理完再赶过去。

拿到交房通知书，我就在网上挂出了租房信息。现在是八月末，这两天把房子租出去，房租从九月一号算起，满满一个月，一天都不耽搁。

一个女人给我打了电话。她说，她了解那边房子的情况，如果我的房朝南，她就打算租下来。不过，因为没装热水器、空调，是不是租金可以便宜点？她在电话里和我讨价还价。

“如果一定要两千块的话，那么，你能在这两天把热水器装好吗？或者我们装，价钱在租金里面扣。”女人一旦有了孩子，担当起家庭主妇的职责，就变得非常麻烦。人生的痛苦莫过于看着一个青春少女在为男人的付出中，变成一个鸡零狗碎的八婆。

“好，你们装好了，到时候把发票给我。”

“那你能马上把钥匙给我吗？孩子明天就要上学，我想今天就装好。”

我不由心里一乐。当初的投资决定还是有眼光的。虽然经历房地产市场低迷期，去年年底还有些楼盘闹退房事件，有的打出买房送汽车、送装修的折扣，这房子价钱依然坚挺，周边有五所学校，学校附近的房子，没有买赔的。

“行。”我答应了她。我们约好在城东一个广场见面。等我赶到广场，他们一家已经等在那里了。

“顺带把合同签一下，你有没带合同？”她像专业租房者一样。这主妇看上去还非常年轻，除了语调不够温柔，基本上，还算保留着一点少女味。她的丈夫则一脸事不关已的表情。

“合同？我还没来得及拟好。手写一张好了。你带纸笔了吗？”我看她拎着皮包。

“哦，有本子的。可是，我们到哪里去写呢？这也中午了，这么热。”

“找家饭店坐下边吃边写吧。”

广场正北面是新开张的百货，正东有不少上档次的餐厅，可是，这样的萍水相逢，时间又很紧张，似乎没有迹象显示可以坐下来大嚼一顿的理由。我领着他们一家子向百货再北面隔街的一溜小餐馆走去。

男人麻利地点了四个菜，两荤两素，要了啤酒。

“随便吃一点吧，我们见面也是缘分。”女人热情地说。

接下去就是聊天。他们是外地人，希望孩子在城市能够接受好一点的教育，所以搬过来了。

“学校宿舍不够住。大概明年六月才能完全造好。所以，大概住十个月。你看钱怎么付，如果你不计较，能不能一个季度付一次？如果我们不打算租下去，会提早半个月通知你。”

“行。”我按照他们的意思在本子上撕下来的纸上写着合同。他们的女儿一声不吭，只管自己吃饭。我把合同写完，让女人在乙方处填上名字和身份证号。她的名字叫姜滟，比我只大五个月。女儿居然这么高了。也就是说，如果我现在找人结婚，明年生孩子，要再过十五年，孩子才跟她一般高。那个让我艳羡的福气的丈夫显然没有意识到自己的福气，一杯啤酒下肚，脸就红了。

签完合同，用完餐，我把钥匙从皮包里掏出来。一共六把，摸了三把给他们。摸钥匙的片刻，我的眼睛扫了女人一眼，突然想起，他们还没有付费。

“哦，押金先付吧，五千块。”

“哦，都差点忘了。”女人从包里掏出钱来。我数了数，把钥匙递给他们。这钥匙在口袋里还没捂热，又在人家包里了。

四

赶到火葬场，堂弟已经躺在灵堂里了。租来的花圈挂在四壁。他的面容被清洗化妆过了，头发向后梳理得整整齐齐，脸上搽了粉，抹了胭脂，涂了口红，就像登台演戏的戏子先在休息厅小睡一会儿，看上去有点滑稽。也许真的即将登台演戏呢，谁知道。

妈妈已经在了，还有怀了孕的弟媳，其他两个赶来的本家兄弟。几个人围着尸体转了三圈，只有喜喜眼泪汪汪的，堂弟的媳妇嫩生生的，一脸惶惑。

三圈转毕，工作人员就来推车，我才发现，刚才围起来像躺在床上寿终正寝的感觉是视觉误导，其实，他一直就躺在推车上。灵堂里供亲人最后告别的时间是以分秒计算的。他在这个世上，哪怕到了最后，也是匆匆的。后面的尸体就等在那里，时间不可能因为某具尸体而停下来。

工作人员阻止了妄图跟进去的人群。他挥着手掌说，可以放两人进去拿骨灰。

我决定陪堂弟走完最后一程。通向烧尸炉，是一条长长的甬道，斜斜的水泥坡，一米半见宽，刚能容一辆推车经过。车轮子咕噜咕噜，在甬道里发出闷雷一样的声响。下了坡，经过一道门，向左，是一个上坡，我把手搭在推车上，和工作人员一起，帮着推。然而，车进了一扇大门，关上了，我们被隔离在外面。走到窗户边，透过铁栅栏，可以看到烧尸的整个过程。堂弟究竟在哪里化为灰烬，走完这从无到有，从有到无的一生呢。

六七辆推尸车停在里面。我认得堂弟的那一辆。虽然全身罩着裹尸布，依然能够从他的体型身胚判断出哪辆车上躺着的是他。这么一个高大的躯壳，灵魂就在早晨飞走了。现在，躯壳失去了生命，失去了使用价值，等同于垃圾了。他自己无法做最后的处理，就像出生，自己无法料理，现在，由谁来处置呢，怎样处理呢？

那个就像上帝派来处理垃圾的人正在高大的烧尸炉前踱来踱去，穿着充满污渍的白褂，戴着更肮脏污浊的白手套。他一直背对着我，看不到表情。他的个子不很高，体型偏瘦，帽子底下，是细溜溜的脖颈，衬托出一对单薄的招风耳。

他将炉子打开了。上下两排，大约十个炉口。他打开的是右边最上面一排的第三个。堂弟的躯壳被传送到了高高的位置，正对着炉口，推了进去，炉门“啪”的一声关上了。

我沉陷在自己的情绪里。这时突然听到两声尖叫，“啊——啊——”，原来是喜喜正抓住铁栅栏，细细的手臂因用力过度露出蓝色青筋，她蹲倒下来，将头撞向墙体。

是的，早上还活着的人，原来下午就可以这样，永远消失，无影无踪。

盒子拿出来了，一点点灰，还是热的，就像体温，像水晶玻璃盒里盛着一颗尚且怦怦跳着的心脏。这是人世留下的最后一点属于他自己的东西了，就这么一点首饰盒大小的空间。

五

将妈妈送到家，掉转车头，我不知道要去哪里。

无意识里，第一个跳上来的名字是肖媛。这是多年的老习惯了。不论发生什么事，出现怎样的状况，第一个跳出来的名字始终是肖媛。这也是导致我结不了婚的原因。我想，结婚本身实在是简单的事，难在和谁结。

肖媛是我的初恋。我认识她的时候十七岁，谈上恋爱十九岁。她是我的高中同学。事实上，我已经不记得她刚进学校是啥模样了。我根本没注意过她。我开始注意她是还差一个学期就要毕业的时候，我突然收到她寄的生日贺卡。那个生日，差点连我自己也忘掉了。

对于读书这件事，我始终没什么兴趣。这简直让爸爸无地自容，他是数学老师。我一有时间就在操场上玩球，记得每次进家门，妈妈都要数落："要死了！书读不进去，尽玩得跟猴一样！衣服过夜就烂，晚上自己洗掉！"

我收到贺卡觉得非常新鲜，不可思议。这才想起，肖媛，还是个成绩优秀的女生。再仔细想想，原来还是爸爸的得意门生，在我家钻进钻出几次。好像理科很优秀，理科优秀的女生大多难看，肖媛的长相却还过得去。那时候，男生的注意力都在文科班，文科班多美女，走过理科班大门，一般头都不会撇一下。肖媛，寄这么张贺卡，是什么意思呢？

理科班学生的特点是善打持久战，其方法攻略都不是文科班那些头脑浪漫目光短浅三天打渔两天晒网的小女生能够匹敌的。我不久就成了她的俘虏。连爸爸都窥出了迹象，竟然在饭桌上替她说起好话来了。结果是她上了医科大学，我高中毕业一直晃荡，每周给她寄一封情书。毕业她就进了医院，我被爸爸安排到电信上班，待一个月我就出来了，此后，又在一些公司待过，都没干长久。

我们最终没结成婚。她离开的时候说："看你，都这个年纪了，什么正经工作也没有，我的工资又那样低，啥时候能指望你攒钱买房结婚啊？"我瞪大了眼看着她："我爸不是说给付首期吗？"

她的鼻子抽动了一下，一阵冷笑："瞧瞧你那点出息，都一把年纪的人了，游手好闲到啥时候啊，还说得出口，指望你爸给你买房娶媳妇，我嫁你这样的老公只能脸上遮块布出去了！"

肖媛就这样成全了我。我一下成熟了。她离开后三年，我居然成了律师，在一家律师事务所找了工作。又过了两年，买了第一套房子。这时候，她已经结婚，嫁的是小儿科医生，大她八岁，我见过一次，白白胖胖的，有些谢顶。那以后，她突然在我心里死去了。我以为理科优等生应该有红军长征的毅力和意志，没想到她那么没耐心，这么心急火燎就把自己贱价处理了。我没钱的时候，天天穿汗衫也绝不穿廉价西装。

拥有两套房的时候，我突然想结婚了。我发现结婚是非常便利的事，似乎只要早上决定，晚上就可以入洞房似的。女孩们非常实际，也比较开放。按照眼下的条件，家庭、工作、财产、体貌，似乎都没什么可挑剔的。不论是介绍相亲，还是朋友派对，我的身边不乏女孩。各种类型，上到博士，下到没正式进过高校大门的靓妹。我就像进了大观园，不久就花了眼。我发现，一周给肖媛写一封情书真是太傻了，过去的那个自我多么可笑，神经病嘛！肖媛也真是的，房子房子，其实，能买房子的男人实在很多，而每周一封情书写上四年的男人却绝无仅有啊！这女子笨得很，不值得。

我是通过相亲认识李莉的。我们喝完下午茶，她就跟我到了屋里。我因为第二天要办案，晚上在书房弄文件搞得很迟。等我进了卧室，发现她还没走，而且没有要走的迹象。我正诧异着，她一下就钻进被窝了。她跟肖媛完全不同，是主动火辣的类型，身体凹凸有致。后来想起来，我应该属于喜欢被征服的男人，肖媛最早在精神上征服了我，而现在，我又在享受身体的被征服。

但是，身体的作用不可能无限地夸大，就像下半身不可能真正意义地决定上半身。这个女人希望通过身体控制我，逼我跟她结婚，实在蠢不可及。我不久就跟她彻底摊牌：要么分手，要么就这样玩下去，但仅保留在相互娱乐的层面。她愤怒地扇了我一个耳刮，不久又表示妥协。然而我对她的身体渐渐失去了兴趣。我们已经不再见面。

为了解决我的单身问题，法院的朋友慎重其事地把同事，一位前途无量的执法女官介绍给我。我心里偷偷地郁闷，愈发感到空寂。什么鸟朋友呢，根本不了解我的喜好，不过也不能怪他们，大概平时我给人的印象就是一本正经的吧！女官还算妩媚，稍有姿色。可是，职业会改造一个人的气味，一想到床边衣帽架上将搁上一套制服，一顶警官帽，我的背都会抽筋！

期间，当然，我也身不由己地搞搞一夜情什么的。什么感觉很麻木了，她们的脸也很模糊。倒是身体的记号却记得清晰一些，比如，有颗痣，体毛特别多什么的。都对不上号。

经历这么多后，我庆幸自己当初被肖媛甩了，没结成。否则，大抵也会离婚。总结婚姻三要素，我后来意识到：一、要有爱情，必须真心喜欢，打动心灵；二、要有美好的身体，容貌过得去；三、要单纯，不拜金，温柔贤淑。这么一考虑，目标缩小，我直奔大学城，物色女学生。要收获真的爱情，调动起每周一封情书的积极性来，就要像肖媛那会儿，遇到那个季节的清纯女子。

好容易，通过朋友，认识了校园剧团的一个女生。朋友是剧团的导演，我请他吃饭，嘱咐他把女生们带上。那些活泼开朗、伶牙俐齿的就算了。最后留下的是一个文静内向的女孩子，她坐在两个嘴里嚷个不停的女生中间，安静地坐着，看学姐学妹的表演，偶尔也微笑一下，瑟瑟地遛我两眼。我请朋友带她到我家玩。记得她和我聊的第一句话是：“叔叔，你们家好大啊！”进洗手间的空档，我在镜子前仔细咂摸了一下自己的脸：眼角是有三条皱纹，皮肤不白不黑，有些发黄。“叔叔”有这么老么？

小胜跟她的大学男友拜拜，投向我的怀抱，我只用了一个月。用的是老三帖：一，带她买衣服，在她同学面前，把她包装得像个公主；二，陪她看电影、逛街、吃大餐、送玫瑰；三，带上她的室友来一场豪华游，让她觉得掉在人人艳羡的蜜罐里了。她给男朋友写了分手信，措辞委婉，语气坚决。而我这时突然清醒过来，觉得自己不小心做了男主角，身心投入地演了一场电影。她现在看我的眼神充满柔情蜜意，以至于让我心里觉得愧疚而充满负重感，似乎，如果不再把这场戏演下去，就对不起她和观众。

我不再去找她，有时候，半夜回来，她还等在我的寓所门口，看上去，像只流浪小猫，既可怜又可憎。我们应该是有很深的代沟，无论怎么说，我都是她的叔叔辈的人。我跟她说：我还是做你叔叔吧！她没再说什么，只用了一双幽怨的眼睛看着我。这女孩多少有点怨妇的基因，我怎么可能养一个怨妇呢，想到这一点，我就感到喘不过气来。

离开小胜后，我不再考虑结婚的事。顺其自然吧。到哪一天，也许随便就结了。像许多人那样，从此过上幸福而嘈杂的婚姻生活。

肖媛后来离了婚，带着女儿生活。我们见过一面，她打来的电话。这时候，已没有任何感觉。我想，感情是奇怪的东西，曾经那样热烈，居然也可以变得这样无动于衷。眼前的她和那个半夜里能让我脱口而出的名字所对应的完全是两个人。我渐渐明白，那个女人是虚空的，是四年之中，我用想象在信纸上臆造出来的人，那个人一直左右着我的情感取向，像水中月、镜中花，一直招摇在我面前，芸芸众生，我居然找不到她了。

六

旅社是任杰安开的。我第一次碰到他是在一个讲座上，他是我的邻座。那样子有点富贵气，和会场的气氛不太吻合。蓝色条子衬衣，中规中矩的西裤，黑皮鞋，腕上佩戴旧款劳力士，无名指上戴钻戒。他从黑皮包里拿出一个本子，认真地做笔记，字迹漂亮，记录工整。

他的名片，一家公司的总经理。他说原先经营早茶店，生意一帆风顺，加盟店遍布沿海城市。但是，钱多了不是好事，到了四十岁，突然遭遇婚姻变故，原先以为一成不变的正确的事，看上去竟显得非常滑稽。他觉得应该有所改变，至于要变成啥模样，他已经在山上想了一年，还没有想清楚。有一天，他关掉早茶店，租下一个山头，在上面造了一所泥房子。房子里除了床、灶两样基本生活用具，一无所有。他说，他必须使自己回归到一无所有的状态，才能明白自己到底想要怎样的生活。为此，他在山上待了一年，什么也不做，不过很可惜，他一直没能想明白。

他会不间断地到这个城市来，感受一下城市的气息，捕捉它变化的脚步。如果，他在山上待下去还是不能想清楚，他说，他将要去旅行。去看看，这个年纪还能承受哪些诱惑。

过了一年，在一个画展开幕式上，我又遇到了他。他说，刚刚完成游历，从俄罗斯回来。这次的态度已经完全不同，他说，他终于明确自己想要怎样的生活了。他想把工作、生意和生活统一起来，这需要一个实体作为载体，他想尝试一下做连锁旅社。

半年后，接到他的电话邀请，参观他的旅社。旅社建在城西山峰之间，租下三幢农居楼改造而成，中间的空白山地平整成餐厅、露天咖啡吧、酒吧，从外立面整体色彩、风水池，到一张椅子、一条板凳的设计，都由自己完成。

穿过小门，经过风水池，走过一块平地，他和女友正坐在红色沙发里，木悬梁下吊着牛皮纸灯。已经是傍晚，山气氤氲，一只猫躺在木茶几上，打着呵欠。他完全换了装扮，咖啡色休闲 T 恤，沙滩裤，拖鞋，脖子里串着一条皮绳，手上换了银戒。

他的理想并没有因此实现。这种表面风光的悠闲生活没能维持多久，支撑不到两年，他仍然回去做他的装饰公司老板去了。

旅社盘了出去。因为山景难得，有时候，我还会来小住，一切照着原来主人留下的老样子经营，熟门熟路。

冲完澡后，我拨通了电话。进来的是一个女生，二十四五的年纪，自称某高校的学生，只在眉眼之间有些风尘。她先跟我谈价。大学不是白读的，价钱不低。我也没好意思检查她的学历证明。按照她开的价，我心里突然升腾起一种莫名其妙的感觉，不知道小胜怎么样了。她这样的女生，心理上会不会发生什么变化呢。不过，好歹她也成年了，应该要自己掌握命运了。

这样想着，所有的心思都放下，意念变得专注。不管怎么说，就想尽兴些。衣柜的烤漆门面，反射出床上素昧平生的我和她。按照缘分之说，好像要经过百年修炼，才得以共寝一晚。可是，床上的她，无论怎样去看，都是刚刚遇到并不想认识的人。

我把脸埋进女孩的臂弯里，手臂太纤细，太稚嫩，我这才发现自己流出了眼泪。女孩坐了起来，诧异地看着我。一会儿，又把手放到我的头上，轻轻地摩挲起来。我不知什么时候睡着了。

醒来的时候，窗外青山隐现，鸟声清脆。女孩坐在床头。我付了加倍的钱，给她一个微笑，想请她吃早餐，为了昨晚她在我头上的抚摸。可是，没有说出口。

七

喜喜打电话来，他们已经收拾东西，准备回老家。

“还有些杂七杂八的东西，放在你那里好吗？”我于是直接去城北。

这是城北农居混杂地带。狭小的甬道前，五十米就有一个大垃圾箱，垃圾溢出箱外，甘蔗皮、菜叶、破烂的自行车皮圈、带血的卫生巾，经过碾踩，紧贴在地面上。她已经在楼下等着我了。我一边上楼，一边听她讲回老家的打算。楼梯滑腻，落下厚厚的经年累月沉积下来的油灰。黑色铁门上满是污垢。一张破烂的席梦思搁在窗边靠墙的角落，大大小小的纸箱里堆满了乱七八糟的东西。卫生间坏了，臭烘烘的。脸盆里养着一尾鱼，已经浮在水面上，开始腐烂，两只苍蝇在脸盆四周飞来飞去。房间是屋顶的阁楼，狭小，没有空调。怪不得要得急病。

喜喜说的东西，包括一个电饭煲，一把小的转叶扇，两个脸盆，一个锅，一块砧板，一把菜刀。她将它们一样样提给我，一边说："火车票买了明天的。骨灰带回老家去。另外，嫂子这已经是第三个了，那么多小孩，她带不过来。这里生活条件好，你帮忙打听打听，哪个人家要孩子，女孩送掉算了。"

将带回来的东西放到储藏柜，站在自家窗前，望着马路上如潮水般涌动的人群，我突然想起十七岁那一年的离家出走。

那个秋天的傍晚，我和同学胡伟站在离我家五百米的大桥上，商量投奔少林寺的事。我们不明白，为什么过着如此没有诗意的生活，甚至比不上大宋落草的野寇。十多年坐在一张书桌上啃那些未必用得着的知识，这种生活令人深深厌倦。我们决定像电影里的侠客一样，过真正有意义的生活。我俩趴在大桥栏杆上认真讨论，秋风轻轻拂动衣角，我们看着对方，从彼此的眼神里欣赏少年时代的单纯和坚定。我们热烈地讨论，问题涉及盘缠、路线、必备品等等细节。我们掏出初中课本上印着的黑白地图，找到粗而黑的铁路干线，并设想，如果钱被抢被偷，那就沿着铁路线走，一定要走到河南嵩山。少林寺最后没去成。早晨起来，我发现自己提起书包，出了大门，才恍惚想起昨晚的决定，这个决定隔了夜就变得像梦境一样迷糊不清，我于是陷入了自我怀疑和否定中。等到了桥上，我发现胡伟和我一样，背着个书包，他看到我，先和我打招呼："嗨，我说，钱都我妈管着呢，我一分也找不到。"我理解地点点头，不好意思再说什么了。我们就这么一副熊样，仍旧上学去了，坐在教室里，就像被驯化的猴子把屁股猴在板凳上。

在沙发上躺下，打开电视。一档子无聊的人物访谈，主持人找来各路专家剖析一对濒临离异的夫妻之间存在的问题，还进行现场催眠，最后得出的结论是：妻子因为少女时期的暗恋情结导致心理始终无法接受后来出现的男人。到底时代不同了，中国人一向羞于露家丑，现代人完全不这样想。

调到地理频道，画面上出来一个湖，幽蓝色的湖水，鱼群争先恐后，逆流而行。画外音说，这个美丽的湖就是“班公错”，位于西部与克什米尔地区接壤处。这种鱼叫高原裂腹鱼，每年夏季，鱼群涌向河口溯流产卵，丰美的水生生物引来数以万计的水鸟。现在正是景色最为壮观的季节。

“班公错”，我想起来了。曾经在《中国国家地理》杂志翻到，说阿里有一个美丽的湖泊，传说是藏族美丽女神居住的地方，那里的鱼会唱歌，从生到死，一直唱到鱼腹开裂，自毁而亡，只为了她们心中美丽的女神，在歌声中才能生长的美丽长发。

我看到自己正在去往班公错的路上。手心湿漉漉的，都是汗水。我的越野车在新藏公路上狂飙。但是，海拔太高，我似乎病了，车上找不到吃的东西，身边也没有药剂。呼吸很困难，我终于拐进了一个车站。天空灰蒙蒙的，不知怎么，天气仿佛已经是冬天了。我看到父亲坐在我对面的长条木椅里，穿着灰白色的中山装，面容清瘦，神采黯淡。我看到自己跟父亲说，一会儿就到了，我怕是回不来了。正说着，我看到一颗牙掉落下来，我将它捡起来，放在手心，上面血迹斑斑。一具死尸从车站门口推了进来，原来是我的躯体，我跟父亲说，你看，你还是等到了。父亲说，班公错，他去过，荒无人烟，不是人待的地方，如果你能变成鱼，那倒是可以考虑去一趟，只有那里的鱼会唱歌。他点燃了一支烟，若有所思。但是，你还是回家吧，你妈等着你呢。啊，孩子？他抬起僵硬的手掌拍了拍我的头。

从瞌睡梦境中醒来，太阳已经西沉，电视画面换成了一只狮子的遗骸，堆积如山的蚂蚁包围着它。

喜喜说，堂弟在家乡的时候壮实得跟牛一样，不明白怎么这么快就奔阴曹地府了。她不知道，这就像一头牛进了城市，它本来习惯于泥土的蹄子踩在了坚实的斑马线上。任何事物都有属于它的地方。如果早几年，譬如十岁，或者更小一些，也许他还能适应周遭的环境，至少，大抵可以进牛奶厂，把自己改头换面成一头奶牛。

他们明天就要回家了。喜喜嫩白细腻的小脸从我大脑里升腾上来，浮现在面前。兄弟被推进焚尸炉的那一刻，她那声惨叫犹如一片玻璃反射出淡淡的阳光的温暖。

我想，我理解了任杰安所说的改变人生的含义。父亲五十九岁去世，并不是每个人都能活到可以享受退休的年龄。我想，我的人生需要停下来，找个地方，听听心灵的歌声。

一个案子已经完结，正是可以休年假的时候。按照程序，需要提前半个月做申请。

八

到堂弟家，已经下午三点。

这次长假有一个月。我跟董事长说，突然什么都不想干了，只想到处走走。他直视着我的眼睛，点了点头，说：理解。受金融危机和宏观调控影响，房价开始下跌，不如及时套现。我卖了一套房子，备好丰足的提现。

堂弟家在江西南部，一个布满丘陵和山峦的地方，满眼望去，翠绿的树木下面都是红土和砂岩。堂弟家的房子是白墙黑瓦歇山式的两层简易楼房，看上去，在这一带还算殷实。

女孩坐在门槛上，她站了起来，撇转头，看着我，眼神清亮，是堂弟的眉眼。才过去半个月，弟媳瘦了，越发娇小，肚子倒大了一圈。她从厢房里钻出来，女孩马上奔过去，拖了一条凳子塞到她屁股底下，然后，站到她身边，看着我。

“这是老大？”我指着问。

“不，老大在外婆家。这是老二……小丹，去给伯伯倒杯水。”

“哦。以后有什么打算？”

“不晓得……生孩子，我妈会过来帮忙。孩子生下来，还是要出去打工挣点钱，他叔到时候看看，帮我介绍一下，做保姆什么都成。”

……

“这好办。先把孩子生下来，身体养好。实在找不好，就给我做保姆好了。我家里也缺人收拾。”小丹紧挨着妈妈，大概是听到了我的话，居然松了一口气，咧开嘴笑了。

“孩子养不过去，跟我说一声。吃的、穿的，不要让她们饿着、冻着。”我看着孩子，这孩子招人爱，跟喜喜一样。农村女孩不读书，将来也就跟喜喜一样，鲜花插在牛粪上。

“小丹——”，我朝小丹招招手，希望她走过来。她看了我一眼，又转头看着妈妈。

“快过去呀，叔叫你呢！”弟媳急着挥手。

小丹抿着嘴走了过来，隔着一尺远，站在那里，看看我，又回头看看妈妈。

“胆子小啊，不要胆子小，来，过来！”我伸出手去，将她抱了起来。孩子身体的奶香钻进了我的鼻子。我突然想起那个中午，和租客姜滟一家一起吃饭，他们和我同龄，女儿却十七岁读高中了。而我这些年的光阴里，一直忙于寻找一个合适的可以共度余生却始终虚无缥缈的女人。

“给伯伯做女儿吧。”我脱口而出，自己都吓了一跳。

“他叔——，你，说的，是真的吗？”弟媳吃惊地张着嘴巴。

“……”，我看了看门外，青山绵远：“有个漂亮女儿，也很好吧。”

临走前，我掏了两万给弟媳。“我回来的时候，再来接小丹！”

第二天清早，我终于上了路。

我将去班公错。

林之泉是我的父亲，他开了一家中日合资公司，邵大兵是他的司机，母亲和邵大兵对我说，父亲娶了日本女秘书，到日本去生活了，等我长大，我终于知道了他们隐瞒我的真相。小说呼吁中日持久和平。

发表于《短篇小说》2017年第13期

等你，在雨中

我还能回忆起刚从人民中学毕业的光景。那一天，丁小兰为了庆祝我高中毕业，又和邵大兵一起带我看了一场电影。人民中学就在华光路上，是我们这个城市排名第一的高中。我不太喜欢妈妈的名字，什么兰啊，花啊的，要多俗有多俗，要是我，不会让这名字黏着我一辈子，一定把它给改了。邵大兵是我爸，后爸，他跟妈的名字可真配，我第一次听到他的名字就觉得好笑，他比妈妈小八岁，就冲这一点，你也知道，他俩都不是一般人。

看完电影，已经七点半了。夏天，天还亮着。我们又坐进了利民广场上的披萨店。每个月看一场电影，是我们家多年来的习惯。我坐在 10 号桌靠西的位置，对面黑色卡座里坐着丁小兰和邵大兵，我第一次发现，他们竟然都还年轻，只是眼角看上去稍稍有些皱纹。

就在这时，窗外的雨淅淅沥沥响了起来，地面上的热气饱胀一天了，像突然被捅破了口子，哗啦啦地沸腾着。打开窗户，能闻得到水泥广场地面酸津津的气味。夜色均匀，底下，我们陷身在烦琐的世俗世界。

我穿着一件针织短袖 T 恤，丁小兰喜欢用毛线织一朵小花缀在胸前，她觉得当妈的有责任打扮好女儿，塑造美丽形象吧。年轻时候，丁小兰就是这么诗意。我们就这样坐在披萨店里，百无聊赖，白色盘子空空的，不锈钢刀叉散发着冷漠的光芒，纸巾折得规规整整，闻不出任何气味……我很奇怪，连丁小兰也没发出点声音。

通常，我觉得生活的本质是荒芜的，只是人们在为衣食忙碌中没时间去思考。许多时候，我都觉得自己被罩在一个套子里，对外面的世界不能分明，不能把握。与外面的尘世保持着疏离感，使我不能生活在真实的世界里。

我想，每个人内心深处都有一个安静的世界吧，在那个世界里，我就是一个幼稚园的女童，站在舞台上，天空下着雨，一对年轻男女伫立在远处，他们看着我。那个男人撑着一柄樱花伞，就像春夏之交，樱花如雨坠落在林荫道上，他站在樱花雨中，肩膀上洒落星星点点的樱花花瓣。

他，是我爸爸，我的父亲。

我看到他转过身去，向我挥了挥手。

我与母亲在一起的时候，通常，丁小兰都会制造一点声音。自从爸爸失踪后，也许是家里太寂寞了吧，也许是怕我寂寞吧，丁小兰叽叽咕咕的话就多了起来。我看过一本类似的小说，大体的意思是，一个女人，从父亲手里流转到丈夫手里，如果这次流转不能成功，那个被指定用来完成人生赛跑的男人，拿不动这接力棒，他拿着接力棒倒下了，或者，他上气不接下气，就像我爸爸一样，突然隐遁，消失，那么，这个女人会长期置身于某种状态中。

父亲喜欢艺术，一个有着艺术基因的男人，对于婚姻这件事，多少有些不靠谱。丁小兰年轻时候显然没充分考虑，人生路上会经历这么多风风雨雨。她这棒接力很不成功。由于父亲的中途退场，丁小兰得另找一个男人把这赛程跑完。

这个过程，我看得很累。

父亲消失以后，丁小兰说话就有一阵没一阵。话多的时候像个话痨，不想说话的时候三天闻不到一个屁响。我就在这种环境里长大。

后来，我渐渐感受到，这种环境有一个最大的好处，就是自由。家里从来听不到男人吆三喝四的声音。丁小兰给的钱不多，但足够我花。另外，我自认为最得意的一点，就是，我继承了父亲的聪慧。

艺术气质的男人通常聪慧，虽然他们大多不懂得如何生活，如何在战争硝烟中纵横智谋，他们单纯可爱，看看父亲的照片就知道。

我的前半生应该一帆风顺，就像父亲。父亲十五岁进入名校少年班，我继承了他的基因，成绩呱呱叫，在学校是风云人物，各种各样的光荣榜都有我的名字。钢琴：九级，绘画：全国少年山水画大赛金奖，播音主持，气象台观测组长，晚报小记者站站长。这些年，我把自己倒腾成学校的金牌学生了，打出去，劈倒一大片。

老实说，父亲的形象在我的记忆里已经模糊了。他像是永远站在远处，不能靠近。照片上的他，天庭饱满，印堂发亮，金丝边眼镜下，是挺拔适中的鼻子，清秀文气的颧骨。长相英俊，一脸斯文，标准的江南书生模样。

小时候，我总为父亲戴眼镜担心。电影里的地下党，敌人接近的时候，偏偏眼镜掉了，他摸呀摸呀，就是找不着，真叫人急！我就担心父亲有一天也找不到眼镜，后来有了激光手术，我建议父亲做激光治疗，哦，不对，是妈妈建议，我的记忆模糊了。父亲消失的时候，我还是小不点，上大班，不怎么熟悉医院。我应该是听丁小兰说的吧，也许是丁小兰担心父亲，在我面前常念叨。总之，近视不妨碍父亲有深邃的双眼，他通常目光柔和，面带微笑，嘴角微微扬起。

他叫林之泉。

我记得父亲消失的那天。

那天，正轮到我们小组表演。大型文娱表演通常每年一次。那天是元旦。看，这张照片上，我穿着粉红裙子，绿色夹袄，胸前戴金丝闪亮的大红花，描眼睛涂眉毛的，我扮演拔萝卜的小朋友。

一直到我们上台，我都没看见爸妈，我以为他们不会来了。拔萝卜的时候，我分了心，该倒地的时候，我居然向前一跪，倒在了地板上。下面的观众都笑起来了，我想，反正爸妈没看见，一边站起来，我一边向台下张望，心里又窘迫又盼望……这时候，我就看到了父亲举着一柄樱花伞，和妈妈并肩站在最后面。

那天天气不好，正下着毛毛雨。

这张照片一直留在我的日记本里。

那是我最后一次见到林之泉。

父亲离开家后，我发过一次高烧。妈妈将我送进医院。大概是太渴望见到林之泉了，有一个晚上，当我睁开眼睛，居然看到爸爸就站在窗外。他撑着那柄樱花漫天的雨伞，外面下着雨，就像我最后一次见到他一样。

我从病床上跳下来，走到窗边，才发现，没人。

后来很长一段时间，每逢天气下雨，傍晚，我的眼睛只要朝向窗外，在黑色的夜幕里，林之泉总是微笑地看着我，他孤身站着，撑一把樱花漫天的伞，静静的，不说话。

我知道他想念我，挂念我，不放心我。

丁小兰说，父亲去了日本。他和一个日本女人结婚了。那女人是一个翻译，很年轻，比妈妈年轻多了。父亲喜欢上她了。丁小兰成了一个弃妇。

平时我们提到被遗弃的女人，总给人不完美的感觉吧。从那以后，丁小兰就变得唠唠叨叨的，我的心里也充满着同情。饭桌上，她总要向我倾诉生活的艰辛，我的手就会穿过餐桌，抚摸她的手，拍拍她的肩膀，安慰她，让她坚强一些。

但是，丁小兰对父亲充满怀念，她从来不像一个真正的弃妇那样，对父亲的忘恩负义恨之入骨。她总是记得他的好。她将恋爱时光掰成一片一片，当饭桌上的佐料，喂给我。他是她的初恋，他低头给她系鞋带，黑亮的头发蹭到了她的鼻尖，她一闻，觉得像个好男人的气息，就嫁给了他。他们可以说得上是郎才女貌，天造地设。一切美美满满，谁能想象这样的经典搭配会出什么偏差。

一条没有波澜的光滑的河流。丁小兰总是这样总结她的前半生。她也会若有所悟地点点头，人生有点起伏也好，不然，太不精彩了！

我们都不知道女翻译是什么时候走进父亲的内心的，总之，这个家分崩离析，突然解体，丁小兰说，等她发现，已经没有任何思考挽回的余地。

你太不了解男人了。读了一些言情小说后，我想跟丁小兰交流男人问题。那时候，有几个高年级的男生已经给我写了情书，使我觉得自信满满，颇富经验。我听到满腹水流晃动的声音，河水汤汤，从嘴中喷溢，浪花就要溅到丁小兰的脸上。我觉得有必要教育妈妈如何对待男人。

丁小兰太天真了，太天真的女人容易上当。

丁小兰对我的那点儿经验不置可否。你懂个啥，我吃的盐比你吃的饭还多，她总是这么说。母女在一起分享怎么征战男人，令我最感到亲切，仿佛我们成了姐妹。是的，我已经长大，个头超过妈妈了。妈妈站在我面前，就像一个娇弱无依的小女人，我能清晰地看到这些年她头上长出来的白发。

没想到，妈妈很快就找到了幸福。邵大兵不是突然出现在我们家的。邵大兵是父亲的司机。

林之泉婚后成立了一家中日合资公司，公司不大，有五个雇员，邵大兵就是其中一个。邵大兵是退伍军人，比父亲年轻许多。他总是很沉默。小时候经常看到他，他总待在我家楼下的车里。有时候，碰上过节，他载着我们一家出游，去南京、黄山、雁荡山。

不知道为什么，邵大兵很晚了也不成家，听说参军前有一个女朋友，等他退伍，女朋友已经嫁作他人妇，也许就此走不出旋涡了，如此说来，邵大兵很重情。

一天，我放学回家，邵大兵出现在厨房。我一点儿也不奇怪。父亲走了之后，他确实来得少了。也许公司有什么慰问品，或者父亲有什么礼物让他带来吧。确实，他带过不少礼物来。

但是这不能安慰我，不知什么时候起，我开始变得充满怨气。林之泉，我的确不了解他，一个男人怎能为了一个女人，就从此不再来看女儿了呢。我是他的血肉呀！

我拿着礼物关上门生闷气。

丁小兰向邵大兵解释，我就是这么大小姐脾性。他笃笃地敲门，轻声细语安慰我。有一次，无论他们怎么安慰，我都止不住哭泣。开始只是啜泣，最后，忍不住号啕大哭。这么多年的愤懑与不满，就像黄河泛滥，我得借一个堤口把它排遣出去。

因为邵大兵在，我哭得肆无忌惮。

邵大兵终于说，林总说，让你去日本念大学，你有日本的弟妹呢！

从那天起，我就盼望快点长大。我希望跳级。我的成绩特别好。初二那一年，我考全校第一，比第二名超出三十分。我让丁小兰去学校申请跳级。丁小兰陪着我走进教导处，教导处戴眼镜的处长愣是说了一番脚踏实地的道理，没同意。回家路上，丁小兰不断摸我的头，说，别在意，不就一年嘛，很快就过去了，这日子，呼啦啦的，跟风吹一样，很快就会过去啦！

我点点头。

是的。就熬着吧！

我自学了日语。不想给妈妈增加负担，我报了初学班，了解一些基础的语法和发音，以后全靠自学。我想，翻译有什么了不起，我得给妈妈出口气。

我的理科成绩不赖，但丁小兰一直觉得我应该继承她的衣钵，丁小兰在报社工作，熟悉媒体圈，她希望我长大做个记者编辑什么的。

每年，我会收到爸爸的信，让我加油学习。爸爸仿佛就在身边，我依然能闻得到他的气息。一些雨夜，我望着窗外，看到他撑着樱花漫天的伞，就站在雨中，湿漉漉地睁着两眼，看着我。

邵大兵和我混熟后，就留在我家不走了。我默认了这个事实。一天傍晚，我在菜场边小摊上买了一束玫瑰，回家插到玻璃瓶里。餐桌上，我认真地祝福他们。并且，还叫了邵大兵一声爸。

邵大兵感动得眼泪都掉下来了。

终于把妈妈托付出去了。我想。丁小兰这样柔弱的女人，终要有个依靠的。而我，无论心智还是外貌，都是林之泉的种。虽然身为女流，我希望像林之泉那样心怀世界，征战沙场。林之泉少年就是大学生了，他是一个了不得的沙场健将。一把年纪了，还有女翻译投怀送抱。我不能像妈妈那样被他抛弃，有一天，我要站到他面前，让他看看，这么多年来，他弃我于不顾，是一种怎样的缺乏远见卓识的错误！

现在，这一天，就要来临了。

我高三就要毕业。我们就坐在利民广场尚泰二楼的披萨餐厅里。我想和邵大兵与丁小兰说说自己的心愿，让他们听一听我的行程安排。

可是，他们谁也不说话，谁也不表态。

难言的寂静。周围的喧哗都与我无关。窗外，仍然下着细雨，雨丝从深杳寥远的天空坠落，我仿佛听到林之泉召唤的声音。

“你走了，妈妈会寂寞。”这句话，丁小兰不知说了多少次了。

“妈妈，你寂寞有爸爸陪。我是你女儿，我不可能陪你一生一世。我有自己的人生。”每次，我都要瞪着眼睛，努力诚恳地和她解释，既表达我的坚定，又要让她不至于产生被女儿抛弃的感觉。那对她来说，太残忍。和他们，我已经疏远好长一段时间了。

不只是丁小兰，邵大兵也是这种看法。

邵大兵的理由是，女儿不能离家太远，女孩子容易受欺负，让人不放心，尤其妙龄十八的女孩。他从报纸、网络找一大堆女大学生、女研究生受骗的故事给我看，只看得我头皮发麻。有一天，我终于撂下狠话：“丁小兰，邵大兵，你们听好了！我是林之泉的种，我此生一定要见到他！你们不出钱，我拾破烂打工也要去见他！我，离家出走！”

我真睡到同学家去了。

他们着急地找到学校，答应和我谈谈。于是，下午，我们看了一场电影，俄罗斯电影，战争片，够沉闷的，我已经许久没看过二战片了，尤其俄罗斯电影。电影结束后，我们就坐在披萨餐厅了。我希望，林之泉此刻能够出现，就在窗外看着我，看着我和这一对被抛弃的男女谈判，看着我怎样告别他们，走向他，我日思夜想的他。

这就是血缘难以言说的秘密吧！

“时局不好，我们不放心。”邵大兵一脸沉重。

“什么时局不好？”

“你也看了，战争是残酷的。”妈妈没来由地说道。

“放个电影，就要打仗了吗？”

“钓鱼岛的争执，一直没消停。日本人民都游行了呢！”披萨来了，邵大兵难看地啃起来，爸爸一定不跟他一样。

“即使明天就打仗，我也要见到爸爸。越是打仗，我越要见到爸爸。说不定，这是我们最后一面。”我快要哭了。

“爸爸不让你去，他是保护你，怕时局不好，真的受伤害。”丁小兰说。

“我不信。”

丁小兰迟疑地摸出一封信。

我仔细地辨认了字迹，确定是林之泉的字迹后，就看了起来。

这是真的，他反对我去日本留学。时局不好，怕受中日关系的牵连。他让我安心在国内读大学。信后还附上了几张日本民众游行反对战争的图片。

爸爸。我心里默默地叫了他一声。他果然出现了。站在窗外的黑夜之中，像往常一样，他撑着那把熟悉的樱花伞，深邃的目光透过玻璃镜片看着我，落在我身上。他在向我点头。

不，爸爸。请你理解我。不，爸爸，这太残忍了。爸爸，我要见到你。

我趴在桌子上，放声大哭。十多年来，我从未这样哀伤地哭过。

我留意信封上的地址。我决定去一趟日本。我已经成年，没什么力量能阻挡我见到父亲。

“爸爸和你一起去。”邵大兵和丁小兰对望了一眼。

看得出，邵大兵也是第一次去日本。妈妈从前跟着爸爸去过一次。爸爸在国内读完大学去日本深造，是个日本通。20 世纪 90 年代，和日本朋友合作，开了一家中日合资公司，用日本技术在中国生产小型电器，贴日本标签出口。

虽然自学日语多年，临到应用，却不怎么熟练。但我们终于到了京都。搭乘京都本线在伏见稻荷站下车，步行许久，才在山脚的弄堂里找到这个地址。日本著名的景区千本鸟居所在地。爸爸住在这里，一点不奇怪，我在《艺伎回忆录》中见过千本鸟居橘红色的隧道，山景美不胜收。

林之泉，是个爱美的人。

在一处民宿小筑前停下，按过门铃，里面传来日本女人和蔼的应答声。我看了看丁小兰，担心她在女翻译面前失态。

门打开了。是一个身披紫纱精致和服的女人，她很谦和地鞠躬，欢迎我们入内。她的中文很流利。我打量室内的布置，又飞快地朝内张望。

林之泉，我终于要和你见面了。

在一张桌前坐下，女人为我们端上花茶。她说是春天从山上采下的，晒干后，用蜂蜜酿制，她让我们品尝蜂蜜。

邵大兵和女人寒暄，妈妈似乎见过这个女人，她的眼里居然没有嫉妒和愤怒，她温婉和气地和她聊天。女人说着离开中国后的生活。因为千本鸟居游客甚众，她就在此地售卖工艺品为生。她从架上取下几个鸟居模型，都是她设计的。

林之泉没有出现。

女人说完自己的生活，就沉默了。桌上一个木盘里插着新鲜的花艺，古朴而有禅意。书架上有一个相框。女人点着一支香，烟气袅袅。我注意到相框里的照片，是一对年轻恋人。他们互相依偎，坐在山道上。

那个年轻的学生一般的男人，居然是林之泉。

女人突然流出了眼泪。母亲和她四目相对，也淌下了泪水。

“这张照片，之泉也有一张，我看到过……”丁小兰说。

女人用力地点点头。

“之泉说，您父亲侵略过南京，他不能娶您……不想，耽误您一生了。他对不起您。”丁小兰继续说。

女人擦擦眼泪，没有说什么。空气有一点沉闷。

突然，女人抬起了头。她鞠了一躬，表示道歉。“骨灰我当时留了一部分，埋葬在千本鸟居的山上了！这么多年来，我陪伴着他。”

“这是晚霜。她长大了。”母亲拉了身边的我一把。“这是千代阿姨。她给你写了很多年的信。”

我惊奇地看着她俩。

当晚，我们在山脚住下。第二天早上，千代阿姨带我们观赏了千本鸟居。鸟居是日本神社建筑，代表神域入口。鸟居看上去就像中国的牌坊，一座连一座，从小到大，绵延千里，煞是壮观。

下午，我们起身去富士山。我们到了富士山山脚，千代阿姨领我们直奔森林深处。青木原，世界著名的自杀圣地，林荫蔽日，阴森恐怖。

丁小兰从背包里拿出一大包元宝和纸钱，邵大兵用打火机点燃了。千代阿姨又拿出一瓶清酒，洒在了地面上。

“之泉，你女儿林晚霜来看你了！”丁小兰的泪水喷涌而出。

“爸爸，我终于来看你了！”

原来，千代阿姨是爸爸的初恋。千代阿姨的父亲曾经侵略中国，爸爸不能娶千代，千代孤独地度过了一生。爸爸婚后成立公司，千代成为爸爸的翻译。小泉纯一郎任首相之后，六次参拜靖国神社，中日关系恶化，日本撤资，爸爸公司破产，来日本索讨债务未果，于青木原自杀。千代阿姨通过警方搜索发现了他的尸体，焚化后，骨灰部分埋葬于千本鸟居，部分寄还给母亲。

他们共同保守了这个秘密。

我是一个刚刚参加工作的年轻人，我的工作是帮助网站删帖……小说探讨新闻舆论自由与管控的尺度。

发表于《西湖》2014 年 02 期

夜鸟的嚣叫

一只夜鸟不知为什么飞过来了。从几排高耸的楼房的剪影之间，挥动翅膀徐徐地飞过。和成群的大雁或者麻雀不同，它是一只孤单的鸟。它的翅膀是黑色的，嘴是白色的，爪子是褐色的。我之所以能够这样清楚地看到它，是因为它飞累的时候，总在我家阳台上逗留片刻。时间久了，我就在阳台上搭了一个鸟窝，放了一点水在小碗里，这样，它不仅可以逗留，简直可以在我家留宿了。

我忘记认识它的确切时间了。尽管每天傍晚，只要不是阴雨日子，我都会准时出现在阳台。开始的时候，只是吹吹风，望望远处，渐渐的，我观察到它，几乎和我同时出现在远处那些楼房的东侧。有时，它停在空中的电线上面，有时它停留在楼房的某个屋顶。它的翅膀大而优美，飞起来的姿势是那样潇洒。一种孤独的美。

母亲在阳台上种满了植物。它们都是一些上不了台面的小花小草，两盆小月季，一盆水竹，一盆长了十年的仙人球，球茎一个接一个向外凸出去，像无人料理的古代老女人的发髻。还有一些杂花杂草。水缸里养着芭蕉、美人蕉、莲花、铜钱草，一个废弃的水泥池子里种着艾蒿，夏天可以挡蚊子。朝西的一侧，母亲用木板砌成一个大筐，装满了土，种上小灌木和一些藤类植物，凌霄花和迎春花。

没有人比我家阳台种的花草更多了，我想。而且，在我的要求下，母亲只负责种植而不事修饰。各种植物杂乱无章地自由生长，每个星期，我都会接上水管，用自来水浇灌一次。

我喜欢这种杂乱无章的状态。无拘无束。因为缺乏料理，有的花草长得粗野而生猛。我想，这是这一带最为繁茂苍凉的阳台了。是的，我家没有院子，这是个遗憾。那时候，母亲的肩胛骨因为潮湿总是疼痛，她选择在楼上居住。这些年，病痛消失了，可是我们还是向往有一个院子，而这在高楼林立的今天越来越变成一种奢望。假如有一个院子，我将如何打理它呢，同样，母亲会种上花草，让它们恣肆生长。

春秋天的傍晚，我会像这样站在阳台上，欣赏远处的天色。有时候，碧蓝的天空中带着点玫瑰红，那是四五月的傍晚。有时候，天空是灰色的调子，浅灰色的云朵笼罩天空，冷风抵达阳台，艾蒿瑟瑟微动，也许晚上就有一场秋凉的雨。这些都是我喜欢的感觉。有的夜晚，我为自己倒上一点红酒，或者绍兴黄酒，站在阳台上，对着远处那些高楼咀嚼一小碟花生米，或者，一根鸭脖子。这样的生活常常令我感觉温馨而惬意。

一个傍晚，我注意到了那只鸟，它因为孤身飞过而显得如此醒目，它像是有点倦怠，是的，我不知道它从何而来，飞了多久。它张开嘴叫了一声，呀——，啊——，声音嘶哑而苍凉。它似乎在寻找一处栖身之所，在高楼的屋顶上，它徘徊环绕了许多分钟，然而终究没有找到地方停留下来。在这世上，找到一个令人满意的栖身之所毕竟不是容易的事。

我有个习惯，喝完酒，会对着远方嚣叫几声，这个习惯是不久前养成的，自从我工作以后。也许我并不适合工作，我读了很多年的书，渐渐习惯了书生的生活。在阳台里面的朝南房间坐下，将自己陷在一张藤椅里，偶尔发个呆，偶尔看看书，写上几句，不用为一日三餐担忧，我想我的人生追求就是这样简单。然而这样的状态，却让母亲整天为我忧心。她认为我应该交女朋友，有份好工作，早点还贷买房子，成家，生个孙子让她抱抱。她说趁她还有力气，还没有足够老。她希望能帮我完成这些在世俗的人看来必须完成的一切。生活是这样貌似复杂的事物，我常常搞不清楚，为什么人们总是把简单的人生搞得这样复杂。

但是，我知道出去工作是必须的。我该想办法养活自己，即使母亲还没有苍老，我也必须像个真正的男人那样成熟起来，承担起家庭的职责和重担。一想到这点，我常常觉得喘不过气来。母亲把我生成一个男孩子，岁月一年年过去，我还是窝在自己的小家里，是的，我还没有做好准备，成为一个名副其实的男人。

我在亲戚的帮忙下找了一份工作，就是帮助网站删帖。经常有一些网民在论坛贴吧里写东西，挂些照片。小到寻人启事，寻猫寻狗启事，是的，有时候，猫狗的重要性超过作为个体的人。但是，有时候也会上来一些足够份量的帖子，举报或者真名真姓地谩骂，人身攻击，还有，就是对新闻事件的肆意猜测，把想象当真实。

办公室在写字楼里，每天早上八点半，我准时出现在写字楼自己的格子间。我觉得写字楼这个说法真有点可笑，仿佛造这样一座楼就是为了拿来写字一样，每天第一件事就是看有什么新的帖子上来，查看有无敏感字眼，判断有无危险性。尽管网络是个相对真实自由的所在，基本上网民们都可以畅所欲言，但是除非是他自己建立的私人的博客空间什么，只要谁把帖子放到网络公共平台上，我们就有检视的责任和义务。老板一再强调这项责任的重要性，对于那些吃不准的帖子，千万要交给他亲自把关。

老板这样说的原因据那个亲戚说，是因为前一位删帖员的疏忽，一个举报事件引起了很大的关注，被举报的人最后革职入狱，但是没想到他还有一些手头有权的亲戚，举报人重伤住院，网站也受到牵连，被关停整顿了三个月。

我被亲戚推荐，老板相中的是我的政治学背景，眼下，这种专业的学生除了有关系经过考试进机关以及学校很少能找到别的工作，我之所以选了这个专业，是因为别的功课都不好，要背的内容太多。老板对我非常信任，他觉得科班出身至少能让我在某些方面有比较好的把握。而实际上，我并不喜欢自己的专业，差点不及格。但是我需要一份工作，跟网络接触是如今年轻人的专长，一听说仅仅只是在网站上浏览帖子，我觉得挺轻松的，很快就答应了。

现在这个格子间就是我的天地了，它背靠着窗户，在两横排写字间的中间。我的前面，坐着文字编辑，他会挑选一些富有思想、文字表现力强的文章放到网站醒目的位置；左边是美术编辑，他专门负责图片处理，他偏爱色彩亮丽的图片；右边是技术监理，负责网站的维护和运营；身后是广告推广，负责网站的赞助与广告。我的工作在这些同事之间显得不伦不类，一个专业删帖师，说出去多少令人笑话，不过公司里刚刚发生过此类事件，大家对重要性都有认识，没人笑话我。事实上，对于他人的态度，我也从来不在乎。

我到这个格子间来，这个有限的人生空间里来，而不能自由自在地行走，像古代的徐霞客那样，翻越心中一座又一座理想的山峰，跟白云清风共嬉戏，与归鸟倦林共安眠，只是因为，我的社会属性超越了自然属性。是的，我是一个社会的人，一个与城市水泥共呼吸的人，像每一个城市居民那样，在重重叠叠的水泥空间里觅得一个角落，蛰居在里面，度过短暂而又漫长的人生时光，因为我们是社会的人，有着彼此之间的联系，不能孤立而存在。这种趋势是这样强烈，犹如热浪席卷，没有人可以逃脱。

我想，我的认识是这样透彻。所以，我没有理由不生活在这个格子间里。那些藏在网络背后，与我有着纵横交错的各种各样既不紧密又并不完全没有隔阂的人，我看着他们的文字，常常想不出他们脸上的模样。有的帖子是半夜两点上来的，看那样赤裸裸的文字，我觉得一定是个男人，三十来岁吧，三十来岁的男人尚有激情而不至于油滑，他应该戴一副眼镜，我以为能写下那些文字的男人应该戴眼镜，我私下觉得每一个愤青都应该戴眼镜。这是一条关于惠民政策意见反馈的帖子。这条惠民政策在这个城市已经实施五年了，取得的成效报纸上说了一大堆，被采访的市民都纷纷谈了在政策实施下沐浴的恩辉。是的，这在寻常报纸上都可以找到。可是，这个愤青跳了出来，他引经据典，举了一大堆封建王朝在这个问题上的做法，其显在的意义是，似乎今天的进步是取得了一些，但是和封建王朝的开明时代相比较，这种进步显而易见是不够的。

他说的这些问题都没有错，这么多引用的经典，显示了他知识的渊博。他的观点如果能够以委婉的而不是质疑加讽刺的语气表达出来，应该会引起某些人的关注并因此同意、赞成他的观点。可是，谁让他是一个愤青呢？我甚至能够想象他经常推推架在鼻子上的眼镜，一边耸耸眉，瞪大眼睛，摇摇头叹声气，又继续噼里啪啦敲下这些字的样子。

怎么说呢，我心里是赞成他的观点的，甚至，他的这种尖锐深刻的洞察力，坚硬有力的表达语气也是我所喜欢的。但是，这样尖刻的帖子是不是会给网站带来麻烦呢？其实，我在其它网站上看到过更过份的帖子，是的，网络早已代替其它媒体成为一块自由自在的土壤，我为此每天泡在网上接受信息的时间要远远多于报纸，我基本上已经堕落到不读报那类队伍中去了。我想，也许有许多人，也和我一样不读报，我们自甘狭隘。

报纸的气味和网络的气味到底是不同的，就好像拾掇整齐的菜地与杂草丛生的野地一样，在这片土地上，它是如此庞杂、如此丰富，每天，都像上演一幕又一幕永不停歇的情景剧。还有什么比在网络上看各种各样的说学逗唱的帖子更有意思呢。它什么都有，我们就像一个个慵懒的蛹，深藏在这白色的网络的包裹中，就像蚕茧。

我在他的登陆资料上找到他的联系办法，我想和他聊聊，他的语气可否温和一些，尤其，对于某些问题，不要这样指名道姓。他必须做些修改，否则，按照工作赋予我的职责，我只能删掉它。

“好，我知道了。”他在QQ上这么说。这是他回答我的第一句话。

我等候了一天，他没有作什么改动。

“你，不改动了吗？”我问他。

“你觉得呢？”他回过头来反问我。

“……”，我给了他一个微笑。如果我的意见，他不想采纳，我显然说不出更多的理由。

“如果你不愿改动，那么这篇稿子就不能面世了。”我在QQ这边跟他说。

“那我就到别的网站试试。你们这样办网站会倒闭的。”他说。

我再次给了他一个微笑。

我们的联系就这样结束了。当他说，他愿意到别的网站去试试的时候，我轻轻地吁了一口气。我想，但愿有更开放的网站能支持他，将它发出来。毕竟，作为一个读书人，我们都向往百家争鸣的时代，谁都可以说话，就像鸟儿被赋予各种啼叫的能力和自由，这是一种自然状态。

这样的谈话一结束，我就走到窗口去，看着不远处灰白色的高楼，以及灰蒙蒙的空气指数不良的天空，点燃一支烟。

我需要一支烟。我想，这支烟过后，我的心情将恢复到平静。这是我第一次删掉一个帖子，对于一个刚从大学毕业的青涩的年轻人来说，就像掐住自己的脖子，或者遭受一次阉割。

对，我知道自己永远没有能力改变一只鸟的嗓音，如果它天生是那样的叫法，我想，林子里什么样的鸟都有，应该有各种各样的叫声。

我意识到自己的不开心了。这份工作与我自身有着说不清楚的隔膜。可是，谁让它他妈的是我的工作呢？

对，这就是我的工作。

我自由自在在窗口抽烟的时候，另外三位同事都吃惊地回过头来看我，那是奇怪的不可思议的眼神。我想，也许还没有人像我这样旁若无人地在公司里抽烟，现在，公共场所都是禁烟的。我知道。

于是我重新回到格子间坐下，继续往下翻。各种各样的帖子，很少能吸引到人的眼球，很多只是无聊的“啊，呀”之类的语气词，有一些甚至只是联结成几排的省略号，而有些人，只是问一些无聊的问题，说一些明星的私事，谁和谁关系不和等等。社会需要娱乐，而明星就是拿来娱乐的最好的佐料。

网络需要这些无聊帖子的支撑，以博取人气。如今是眼球经济的时代，只有获得关注才能赚到钱，譬如吸引广告什么的。

天很快就黑了。然而，我却不能马上回家，生活变得奇异起来。没上班的时候，这会儿，我应该站在阳台上，观看远处的楼群，以及那只孤鸟的独自飞翔，然而，此刻，我还滞留在白炽灯光漂白四壁的写字间里。

母亲在等我吃饭吧。我想像她一个人独守餐桌的样子。是的，我该回家了。余下的那些帖子，回家再看吧。

那只鸟已经不见了，不知它飞往哪里，度过这尚且冷而凉的夜晚。我错过了与它相约的时间。

吃过晚饭，我久久地站在阳台上。母亲把阳台收拾得很干净，她不知从哪里剪了几枝蔷薇来，用废弃的木条和铁丝搭了一张以供藤蔓攀爬的网。这是清寒的春天，叶子已经春意萌动，迎春花在夜色里看不清灿烂的花瓣，然而芳香四溢。

我搭的鸟巢挂在顶部一个铁钩子下，里面有水和小米，听母亲说，倒是很吸引一些麻雀，经常在屋檐下叽叽喳喳。

我还不太想回到网上去。“啊——啊——”，我模仿那只夜鸟叫了两声，希望引起它的注意，它也许“呱呱”地就从哪里冒出来。毕竟，孤独的生灵都是需要知音的，也许，它会以为发现了同类。

没有声音。除了我自己的声音，什么也没有。

我回到自己的房间，打开电脑，登陆工作台，继续看那些帖子。

其中一则引起了我的注意。

发帖的是一个打工的农民。他说自己一直在外地打工，没有回家。村干部来征求意见的时候，他不在。而今回家，村里已经决定将村庄搬迁到山脚的楼房里去了，而为了建这批楼房，每家每户需要出一大笔钱，这些钱耗尽了他这些年打工的积蓄。他想不通为什么好端端的村庄不能住，他喜欢在半山腰里的村庄，他不觉得住在半山腰有什么不方便的地方。他说在外打工总是住工地的简易用房，希望回家的那几天，能够回味乡土的感觉，家园的感觉。他说，这村庄建在半山腰已经五十多年了，几代人在那里成长，他想不通为什么一定要住到山下。本来，他以为打工的钱可以用来支付孩子的学费和养老，这个集体搬迁的计划打乱了他的人生规划，不仅这些年的辛苦付诸东流，而且还欠了债务。他说，这些意见他都在村干部那里反馈过，可是，一点办法也没有。他希望自己的意见有人听到，他留下了地址和联系电话，这个帖子本来只是他个人意见的表达，但他用愤怒的语气罗列了村干部一大堆罪状，诸如他不在家，也没有接到电话，没有人征求他的意见，回到家也没有村干部向他解释，还有，收取造楼费是那样强硬地确定了最后期限等等。他愤愤不平又唠唠叨叨。

离睡觉还早，家里一直如此宁静。我突然想给这个人打个电话，指点他应该找报社或者某些部门再反馈一下什么的。这则帖子到底该不该通过，我不知道，我想还是留给老板自己裁决吧，但是，毕竟不能无动于衷，我想。

我拨通了那个电话，原来他就在这个城市。我说，像这样发在网上几乎起不到什么作用，还是另想办法吧！譬如找报社什么的。他说已经找过，没什么作用。

“我其实也知道没什么用”，他说。在电话线那头，他似乎摇了摇头，无可奈何地叹了口气，自嘲地笑了两声。

“我不过是发几句牢骚，就像鸟，叫几声。”他说。是啊，喜鹊的叫声大家都喜欢，乌鸦叫就讨人嫌，可是乌鸦毕竟不能不叫。

“就像鸟，回家后，觉得老巢没了，心里难受罢了。”他继续说，像是自言自语。

是啊，理解。我理解。大片的新楼正在一点一点地推近，母亲说，我们住的这幢楼迟早也要拆了，因为已经造了二十年了。二十年，是啊，相对来说，这是一个漫长又短暂的概念。我从孩提时代就住在这里了。虽然，楼梯看上去稍稍有些破旧，但是，我真的喜欢这种略带历史感的沧桑气息。门框上，还有我从小到大一点点长高的痕迹，母亲用圆珠笔画横线做好记录，并且在一侧标注时间。她希望我长得高一些再高一些。我在这个家里能够看到从小到大全部的生命痕迹，我如此地依赖它们，爱它们，为此而感到内心宁静。

生活一日接一日地继续，我发现自己已经渐渐习惯这种状态。

渐渐地，我不再给这些发帖的人打电话，彼此沟通和联系。因为我发现，这样的帖子几乎每天都能碰上一两个。我的电话费也因此猛增，公司可没有安排这样一项工作任务。关键是，我发现，即使沟通了也解决不了什么问题。我知道，我不过是社会上一只微不足道的小生物，随时可能被摒除与清扫。我没有力量，也没有能力去帮这些人做那些事。我的职责只是，避免我服务的网站出什么意外，为此，换取我的薪水，以能够谋生。就像我阻挡不住推土机会渐渐进逼我的家一样，我们会和其他居民一样，等着排队领取补助费，被安排到一个新家里。也许我也会爱上我的新家，就像那位农民兄弟也会渐渐适应住进高楼的生活并因此喜欢上它一样。是的，一切都存在也许。

一个夜晚，我终于又看到那只大鸟。它在近旁的楼房屋顶上盘旋了一圈，发出“啊——啊——”的叫声，在寂寥的长夜里，嘹亮而又深远，它的声音仿佛向着一个纵深的方向，在徐徐地驶去。

九十年代，农村人口大量流入城市，据一则报上的新闻消息，一个江西省的农村母亲，为了寻找五年没回家的三个儿子，徒步江西、广州、福建、浙江、安徽，行走了五个省份……

发表于《三角洲》2009年06期

上　路

老太王面英是太阳落山到家的。王面英蓬头垢面的脑袋一出现在村头两棵迎客老樟树底下，哑巴就跑过来，对着她叽哩哇啦乱叫唤。哑巴刚从牛棚里出来，他身上还粘着玉米叶子枯黄的星片。王面英看着他异常兴奋地跑过来，就点点头，嘴里嘀咕着：没死呢。

对了，没死。

哑巴还叫着，挥舞着两手，兴奋地跟在后面。老太到了家门口，一看门上着锁，就敲着铁门环大叫了两声：“三子——三子哎，娘回来了——！”

哑巴跳了起来，嘴里咕哝个没完。老太盯着他的表情仔细看了一会儿，算是明白了。不用说，又跑了。

王面英就转身往邻居家去。

邻居神五娘蹲在门口拣坏花生。花生一颗颗躺在竹筐箩里，神五娘正把坏的一颗颗挑出来。农闲下来了，接着的日子就是准备过年的嚼头。神五娘抬眼一看，又低下头去，嘴里倒接上了：“寻到没有？跟你说不要出去，一把年纪死在路上要做野鬼的呀！”

“寻不到……我们家三子到哪里去了，你看见没有？”

“我叫你不要出去你偏不听。跑啦——真是的，出去的没找回来，家里的又跑啦！”

“遭天杀的……”老太突然瘪了瘪嘴，“又是右军家的作孽吧？”

“你也怪不得人家，腿又不长在人家身上。”神五娘收拾完了花生，转身抓起筐箩的两边，走到一边把里面的灰扇出去。“你去大庆家问问吧，他们家明生也跑了。”

王面英就又折了出去。穿过两条弄堂，大庆家就在渠的后面。渠是村里新修的，为修渠，村里干部让每户人家交三百块钱，就这样，村里还欠下两万块的债务。不是每户人家都收得起来。像王面英家，家里能拿出的都拿出来了，还欠下一百多块，能拿她怎么办，家里都搬空了也卖不了几个钱啊。大庆家新盖的房子只造了一层，就搁那儿了，墙面都没上，红砖头就露在外面，日晒雨淋的，人却早住进去了。什么时候攒上钱了再往上盖。

大庆家的在切萝卜丝，看见王面英像看见了一个怪物。“你还没死呀？”

“哪能这么就死了，一个也没寻着。”王面英蹒跚着，一步步靠近了。

“我说你也真有个本事哈，走着去还能走着来，路还真被你认着哈。”

“我这么老了，人家捉我去也没什么用。我们家三子到哪里去了？”

“谁知道。”

“你们家明生不是和我们三子一起去的吗？”

“他们去也就去好了，你干什么叫他们不去呢，窝在家里能挣几个钱，叫他们都打着光棍也不是办法呀。”

“我是怕他们在外面被人害了，三年了也没个音讯，我在家里死了也不知道。”

“唉，你这么心疼着去寻他们，你看看他们哪一个心疼你了！他们要想着还有一个老娘，也早该回来看看你了。我就不信有腿走着去，就没有腿走回来！”

“我就是要去看看，他们过得好的话也早该回来了。我就是要看看。三子和明生不是跟着右军家的去的吗？”

“那你就去右军家问，我是管不了那么多。给他们养大了，脚长在他自己身上，我怎么管得住。他在外面挣到钱讨上老婆我也就省心。”

右军娘背对着人蹲在井边洗棕叶。快过年了，家家户户都有得忙呢。

“你们家右军带我们三子到哪儿去了呀？”面英老太的话让右军娘吓了一跳。右军娘站起来，两手在围裙上擦了擦，一把拉过面英老太，紧张着两眼，看周围没人，才放了心说：“我们右军也是好心，还不是给你们指条挣钱的路。”

“我们家两辈子都是穷命。我只向你要儿子来……”

“你这是什么话，我口袋里装你儿子做什么？你自己去问问你们三子，只差跪着求我们右军呢，要去的人不知道多少呢，还不是看你们可怜。”

“不争气的……你们右军过年回来的吧，回来我再问他要人！”

年关到了，三子和两个哥哥没有回来，王右军也没有回来。面英老太听说多少人家等着他呢，说只怕回来交代不了要吃生活呢，所以躲在外面不回来了。有人又说这是右军娘的主意，带了音信去叫他不回来的。面英老太就去打听带音信的人是谁，她想音信带到什么地方就一定在什么地方，那就不怕找不到。

人倒没找到，但是有了消息，说是在温州呢，又渐渐传出了鼻子眼，说看到他们三兄弟过，都在温州呢！

面英在家过了年初一，给老头坟上备了一些酒菜，回转身收拾好包裹盘缠就上路了。这一趟，面英老太已经是第四次出远门了。两年前，两个儿子出去了一年没有回来过年，也是这样杳无音信，她在家等呀等呀，一直等到过了元宵，实在等不住了。她就想怎么也得出去找找。她面英一辈子最远就到过县城，那还是年轻那会儿，头胎是个儿子，老头高兴，说去城里赶物资交流会。后来，老二出生了，老头就病了。这一拖就是十年。面英也搞不明白老头那样的身体，怎么就又出来了一个老三。老三一出来，仿佛夺命似的，老头的命就没有了。她一个孤寡女人带大这三个男娃呀，你说容易吗。可那些歹人就是没有一点心肠，把他们家的人骗了个精光。说什么一个人一个人传下去，一年就买洋房汽车的咧，钱那么好赚怎么就没见他们家右军回来把楼房盖了，可是有什么办法，老大都奔四十的人啦，也没弄上个老婆。这穷山疙瘩的，靠土里刨食能刨多少，狗急了还跳墙，人急了还不犯傻，劝不住也只好由着他们去，腿长在他们身上呢。可是，也不能忘了娘呀，不管怎么样，音信总要带个回来吧，啧啧，没得天谈。

出门不容易啊，可眼下，她面英已经不怕了。怕什么呢，她想的是对的，事实证明她是对的。两年前，那个漆黑的晚上，她咳了一夜。没有人会起来为她倒杯水。儿子们在的时候也是这样，谁在乎她这个又老又穷又病的老太婆呢。儿子们最关心的只是什么时候攒上讨老婆的钱。老大到右军家去过多次了，右军娘是个能把稻草说成金条的媒婆，每去一次，老大回家都要黑三天的脸，娘都劝不住。面英只管对他说，老婆是愁不来的，多干点活吧，把瓦房修补一下，一家人精精神神的，菩萨就能住到家里来。孩子哪里能听，是呀，多少人都到城里混去了，不是也有回来造房子的吗，人多的地方总能捡几个钱花吧。面英担心儿子挣不到钱饿死在路上，右军的一张嘴还不是和他娘一个德性，但是，她面英也无法不信。右军说，城里能饿死人吗，一个饭店倒出来的泔水也够全村吃肥一年了。她信，她面英信，喇叭里都说现在城里人不爱吃肉，就喜欢吃土菜、农家养的鸡鸭，每年开春都有人来收野菜，她三个儿子还都去挖过来着。

那个夜晚没有人起来给她倒水，她并不难过。因为没有人会半夜起来给她倒水。她难过的是，家里这么冷清。也许是病了，一个人的情绪就比较低落。她走过去看了看睡在隔壁房间的三子，才觉得心里踏实一些。两年了，没有一点动静。他们到底是怎么了，听跟出去做传销的人回来说，有的人还被关在房间里遭打，难道他们是被打死了，这可都是她一个人拉扯大的孩子呀，苦不苦，寡妇心里最清楚。谁知道！

咳嗽好一点的时候，她就打算出门了。她跟三子说，在家看着，把家管好，反正农闲了，我出去找去，过年我也就赶回来了，赶不回来就是死在外面了，你也别等了！

其实她早就想出去了。没办法。一辈子没出过远门，怎么敢。她问了从广州这个地方回来的年轻人，他们说坐火车要一天时间。儿子出门的时候是说去广州，广州在哪里，她怎么知道。就像人们说起美国一样。广州和美国，那该是差不多的。但是，既然有路通到那里，不用换船，也就是说，脚也是能走到的。既然能走到，她面英就打算找了去。都说路就在嘴上，她不怕，她就问好了。她让三子写了“广州”两个大字在白纸上，想一想觉得还不够，就给教书先生有发家送了一包红鸡蛋去。鸡蛋是自己家母鸡屁股里滚下来的，新鲜的。有身份的人现在都图这个，她到镇上菜市场边上卖葱的时候，听到人家议论。是，谁不稀罕新鲜的。

教书先生告诉她沿着国道走，也就不怕丢了路。又给她写了一封找人的信。她家里两个儿子的大名都齐整整地挂在上面，她只认得老头子的姓，是他们姚家人，姚家的种，她也就放了心去。教书先生又帮着写了一张大字报，他说人多的地方可以摆在地上。可不是好人吗，教书的不一样。

做好准备，带上全部家当两百块钱，她就出门了。她不怕什么。有一天，她在村头电线杆下坐着歇力的时候，就听到上面的喇叭里说有一个六十岁的退休的老太婆，一个人走了大半个中国，把一身病都走好了。这就是了，怕什么。

王面英走到广州花了半个月时间。人老了有好处，人太穷也是福气，没人会看上你，惹着你。再说，她面英这一生福气是薄了些，也就只管放心地朝着那个方向走了去。自己的脚就是尺子呢，再长的东西，有了这一把尺子就不禁量了。

在广州没找着，又折回来去了福州，也没找着。回来又去了深圳，还是没找着。再回来，快过年了，三子却又跑了。

现在，面英老太已经走在去温州的路上了。从汪山这个小村庄出发，经过青板、严家、铺前镇，已是大半天去了。到老屋毛家的时候，天已经漆黑了。老屋毛家本来是有亲戚的，大姑子。可是大姑子是福气人，人家三个孩子都考出去了，在城里工作。老头死了多年了，也没有什么来往。大过年了，人家一家子衣锦还乡，自己却年也过不成，眼见得让人看笑话。面英朝着灯光走进了一家茅棚。是牛栏呢，搭在一棵乌桕树下，离旁边人家的房子有几脚路。冬天了，乌桕树叶子都落光了，树上会挂些籽，榨出来就是好油啊。面英闻得到那油的香味。面英进了牛棚，把壁角的玉米秆都摊开了，放下背在身上的竹筐，从塑料袋里拿出带在身边的馒头就嚼了起来。嚼完了，把竹筐里的薄被拉出来，盖在身上。一会儿，她就见到老头子了。

年纪大了，还有一个好处，就是睡得少。天还是黑的，面英就起来了。整理好东西，把玉米秆重新捆了，堆好。一脚跨出去，空气特别的冷，但是很新鲜。面英想，走走也就热了。待在牛棚里让人家看见，要被笑话的。面英年轻的时候来大姑子家做过客，人家认得的，少不得要丢大姑子的脸。

走到中茅坪的时候，天刚蒙蒙亮。路上都是山，黑黑的，一座连一座。面英以前是信鬼的，但是，现在已经不怕了。身边死的人多了也就不怕了。自己今年六十四了，这个岁数，知足了。老头都死了三十年了，怕是在阴间孩子都生了一长串了，谁能再记得她。等到她能再见一眼儿子，家里的事交代清楚，就该去了。不可惜。有啥可惜的呢！要说她这辈子，也差不到哪里去，有的女人一个儿子都没本事生出来，躲来躲去的，还不是一肚子女娃。她面英呢，哼，一撇一个带把儿的，来不得一丝含糊。人家的婆姨，当家的死了早找男人去了，家里的娃哪顾得上，她面英好说歹说把这个家撑起来了吧，没钱讨老婆是一回事情，可是，要论起拉犁耕地，谁比得过她家。靠着三个儿子，谁敢碰她一个指头。要不是右军那一张空口说白话的嘴，她家还不是整整齐齐的！

到横峰县城，面英真是饿了。街面上车水马龙，人们来来往往。生意好的店铺前已经换上灯笼。红彤彤的，真漂亮。不贵的话，儿子们都回去的那一天，她面英也要买一个挂起来，就挂在正堂前，人家一进门就看得见。面英是大城市都去过的人了，看见红绿灯也就不再担心。她第一次走广州的那会儿，还真是差点丢了命呢。那是怎么回事呢，城里就这么多人！而且，这些人都还喜欢挤在路口上，还有人专门来管他们走路。面英想，都说城里人精明呢，走路也要有人管着，做人还有啥意思。面英想，腿长在自己身上，我干嘛要你管呢。面英就走了过去。面英想这城里真是讲究了，路口上也装些红灯绿灯的，雨淋着还不会坏，怪漂亮的。面英一边瞅着红灯一边就走过去，一辆车斜地里绕了过来，耍威风似的，差点就把她撂倒了。戴红袖套的人走过来还把她骂了一通，那个人说什么话，她还真是没听懂。但是，面英想，看来走路人家管着也是有道理的，不然就跟没娘的孩子一样，人家眼见着你没人管就会欺负你。

面英过了红绿灯，问了岗亭的警察，朝温州方向是朝哪拐弯啊！警察说向右再朝左就是国道了，你按照国道直走就成。面英终于看到国道了。她想：成。只要上了国道她就不怕了，好的时候还能碰上个好心人搭一程。这样的人是有的，世上总是好人多，你不出门的时候不知道，好人都藏着呢，一出门就知道了。

面英在国道边蹲下来，嚼了一个馒头。馒头已经渐渐风干变硬，但是，粉还是香的。国道下面是一条小沟，面英又下去洗了个脸，觉得神清气爽了许多。昨晚上睡得踏实，走了这多久，力气倒还在身上。人说，未老脚先衰，瞧这脚劲，还有岁数活呢。

面英坐了一会儿，也就上路了。国道跟其他路不一样。面英在泥地里折腾惯了，喜欢脚踩在泥土上的滋味。泥呀，和了水就是活的，活的东西就有气味，面英觉得自己的气味跟泥的气味是一样的。

都说人死了变成泥，面英想，这有什么可怕的，变成泥就变成泥呗，咱活着还不是跟泥一样。泥好呀，有泥就踏实。泥软，人踩在上面轻轻松松的。这水泥地面才叫不习惯呢，冷冰冰的，死的，走长了，脚起泡，疼。

到了与上饶县交界处，天又黑了。面英本来是想在宋村落脚的，可是，到宋村的时候，天还没有大黑，面英也就继续往前走。面英想，指不定碰上个好人还能搭一程呢。面英就往前去了。没想到一路都是山，见不得个人影。面英也就一路直走，没办法，停下来倒叫她害怕。不过，面英有经验。只要天气好，不下雨，也没有什么大不了的事。面英带着被子呢，在路边躺下去睡上一觉不是什么要命的事情。

果然，夜沉沉的。偶然有车来往，身边会划过一道刺眼的光。面英借着光，也就能知道自己还在走。面英想，到觉得很累的时候，她是会躺下来的。只是，再多走一点也好。晚上的车开得特别快，她想去拦车也是不合适的，谁会料到这么晚了，还有人站在他汽车前面呢，一不小心，就把她压在车底了。这怎么行。

不知不觉的，进了一个隧道。隧道里漆黑一片。但是，比较暖和。面英想，在里面睡觉大概不会冻着，可是，车子来往的声音就特别大。可是，面英累了。她摊开被子，胡乱就铺上去，侧着躺下，缩着身子，蜷成一团，那被角蒙了头脸，也就睡着了。

面英是被车喇叭吵醒的。天已经大亮了，可是，没有什么人发现她。开车的人都急着赶路，来往走路的人一个也没有。面英起来后就卷起被褥，捆扎上路。

面英正要抬步的时候，突然愣住了。一个后生正朝她走来，那不是三子吗？“三子——”面英抬起手臂朝他挥手，他没有什么反应，面英又大声叫了起来：“你这个黄金铁块呀，你也知道回来呀。”“黄金铁块”过来了。后生盯着她只是看。“黄金铁块”过去了，过去的时候又回头看了看她。

公路穿过上饶像一条斜穿的锦带。两边是衰黄的田野，晚谷收割后留下的稻茬一排排扎在赭褐的泥地里，等待春天的犁把它们和到泥土里做新一批庄稼的养料。面英的花白头发打结了，胡乱地贴在脑袋上。她背着篓子直冲冲地只是往前走，脑袋低低的，快掉到路面了。她只盯着两脚看，脚上是解放鞋，面上的帆布很旧了，可是，光是这样走路不费什么劲，总比地里拉牛少费力气些，鞋子也就不会破得快。这些年，鞋子的质量跟以前生产队的时候比，是差远了。这也就是喇叭里说的假冒产品。可是怎么呢，便宜。农家人不图啥，就图个便宜。鞋子的底不是太牢，路边踩到石头的时候，就很钉脚。上次到广州一路破了三双鞋。这次面英聪明了，筐里把家里穿烂了的鞋子都背上了，她想过了，破了穿不上脚了，就扔一边去，也不可惜。

从东山岭到童家，绕过周家埠的时候，已经是下午两点，面英这才觉得肚子疼得厉害。周家埠是一个小镇，道旁开着几家店铺，煎饼包子的摊位搁到了路上，油香味飘过来，面英就抬起了头望过去，就站住了。她把手伸进裤缏里，那是出门时候缝的，钱放在里面，即使强盗也发现不了。她摸到了一个硬币，抓在掌心，就走了过去。买一个吧，一个。面英怕买两个自己忍不住全吃了。包子热腾腾的，吃下去，胃里觉得说不出的舒服。面英不敢耽搁，边嚼着边出发了。

到了童家，天已经很黑了，面英就想歇了。她找了一个背风的巷子，巷子里有几户人家。她蹩到一户人家的门口，听得到栏里的猪正在嚼食。殷实人家呢，一户人家殷实不殷实，单是听听猪吃食的声音，就觉得出。那猪少说也有真家伙嚼着呢，一定掺了玉米粉，听声音多实沉。面英出来的时候，把猪都抬到镇上卖了。农家人养猪图个啥，还不是过年有猪头肉吃，农忙要体力的时候有肉吃。儿子们都不回来过年，还留着干啥，换几个钱也就成了。面英想起自家的猪了，这猪呀，真可怜，还是镇里的农机站来推广的优质大白猪呢，说是引进的良种猪，叫个什么名啊，比利奇长白，比利奇是个什么国家呀，养猪也能养那么好，等儿子们都回来了，我也要走去看看人家是怎么养猪的。说的也是，猪谁不会养啊，只要有粮食，不要跟自家的猪一样，光有草吃就成了。草里面掺了一槽的水，猪嚼起来那声音呀，呱嗒呱嗒，那声音空得很。面英倒在人家院子门前就坐下了，她想敲门，可是不敢哪，她想这户人家没睡，也就可能出来看看，看到门前有个人就可能把她叫进去，让她睡个踏实觉。里面的灯歇了，面英叹了口气，不知不觉也就睡过去了。一天又过去了。

穿过上饶，前面就是玉山。

面英走进浙江境内已是第七天了。

其实她还不知道这是浙江了。只看到路两边的楼房多了起来，她想，就是，生的地方不好，受穷呢，儿子们要在外面过好日子也就算了，她也就是来看一眼，看一眼放心回去。

这一天，铁道治安处的林俊杰正在值班，一声电话铃突然响起。林俊杰就拉上摩托抄了过去。说是一个女人横穿铁路，差点就卷到车底了。大过年的已经够忙的了，添什么热闹，跟谁过不去似的，关两天就老实了。

林俊杰走到车站，一个老女人佝偻地缩在一边，看上去是个疯子。站头值班的说听她讲话，大概就是半疯的样子。林俊杰说，这样脏兮兮的一身，关着做什么呢。女人缩着上来，说就是死也不能让人给关着，她还有要紧事呢。林俊杰想这样的还有要紧事？值班的说，人家要找儿子过年呢。找儿子？儿子多大啦，自己还不能回去？林俊杰偏着头，看着值班的说这种傻话，简直不相信自己耳朵的样子。噢，八成是被儿子抛弃了，儿子都到了城市，忘了娘了，呵呵，现在这人心哪，不知道都长哪儿去了！一拍脑袋，林俊杰明白过来了。林俊杰最看不得这号人。林俊杰自己有个弟弟，当年林俊杰家穷啊，林俊杰怎么说也是做哥哥的，爹死了，这个家还能靠谁，二话没说，林俊杰就从学校里回来了，抵职进了铁路局。他林俊杰可是考状元的料啊，可是，家里只能上一个不是吗。这倒好，弟弟出息了，日子越过越得意，这老娘也不管了。你说，同一个锅里嚼食大的，这日子咋就这么不一样呢。

林俊杰想着，渐渐地就上来了气。他手一招，点点头，示意女人过来。又偏转了头面向值班的，叫个人带她洗个澡，换身衣服，吃一顿，啊？值班的点头，没啥说的！

林俊杰又从口袋里掏出五十块钱，都买了烟了，就剩这些了。

王面英被林俊杰送上了去温州的火车。王面英上车的时候，抓住了林俊杰的手臂，亲人哪。她叫林俊杰亲人，林俊杰还真的，有点想落泪。

告别“亲人”，王面英下了火车，天上正在下雪。好歹温州是到了。火车坐得头晕，头晕的时候感觉不到饿，现在跟着人家下了火车，突然就觉得又冷又饿。车站里都是人，面英感到温暖和安全。那么多人，她就不信找不到儿子。面英是有经验的。她走到了小商店前面，她说，你们这儿哪里最热闹啊？年轻人图热闹，总爱往热闹的地方扎。所以，儿子们肯定会到热闹的地方来，只要她天天等着，就肯定会碰到。商店里的人说，火车站啊，就这儿啊，这儿还不热闹吗？面英一想，也是。孩子在外哪有不想家的呢，一想家肯定会跑到火车站来，那面英就总能碰到他们。

面英就在火车站住下了。她看到有几个人把棉被摊在候车室，她也就把棉被摊到那儿去。按照她的经验，火车站应该有热水供应，她在周围看了看，热水龙头边的地上搁着几个方便面盒，有的里面还剩下点汤水。面英想，这盒子洗净了既可以当碗，又可以当杯子。面英就走了过去。汤水里面还有一些面条的渣滓，泡胀了，圆鼓鼓的很诱人。面英端起来，凑到鼻子边闻了闻，是诱人的方便面独有的麦香。面英真是饿了，她摸了摸胃，真饿了。面英往盒里注了点热水。呵，这面条哪能有这么好吃的哩！

吃饱了，坐在棉摊里，面英就开始看。往门口看，往候车室检查行李的地方看。面英真是老眼昏花了。岁数不饶人啊，就自己上广州的那会儿，眼花还没到这种程度。现在，她猛一眼看过去，怎么就个个都像她的儿子呢，儿子长什么样啊？大娃像自己，是个塌鼻梁。二娃像爹，是个尖下巴。三子呢，那可是她的心头肉，她记得最清楚！可是，怎么个个都像她儿子呢？她真是想儿子想疯了。她一疯还真就想不起她两个大儿子的模样了。是啦，多年未见啦，相貌也是会变化的，那么他们到底什么样子了呢，这些人怎么就这么像呢。

面英想着，突然脑袋就有些乱了。像哪里刮进了一阵阴风，对，就是一个通风口啊。通风口进来的风呗。这风里面八成是有鬼了，不然，怎么脑子突然就乱了呢。脑子像抽了风似的，什么东西都被吸走啦，是呀，就剩一个空壳啦。

儿子长什么样啊？想不起来了。是的，怎么想不起来了。叫什么名嘞？叫姚元奎、元发、元庆。哦，姚元庆。

元庆啊——三子啊——

没有人应。

元奎，元发呀——

没有人应。

元庆，回来啊——

没有人应。

元奎，元发，回来呀——

没有人应。